D.J.GALVÃO

O DIÁRIO DAS *fantásticas* VIAGENS DE GIOVANA

#PARATY
E O FIM DO MISTÉRIO

ILUSTRAÇÕES: BRUNA MENDES

RIO DE JANEIRO, 2022

Texto 2022 © D.J.Galvão
Ilustrações 2022 © Bruna Mendes
Edição 2022 © Editora Bambolê
Coordenação editorial: Juliana Pellegrinetti
Consultoria editorial: Ana Cristina Melo
Projeto gráfico: Bruna Mendes
Revisão: Gerusa Bondan

G182d

Galvão, D.J.
O diário das fantásticas viagens de Giovana: #PARATY e o fim do mistério / D.J. Galvão ; Ilustrações: Bruna Mendes. -
Rio de Janeiro : Bambolê, 2022.

160 p. ; 23cm

Quarto volume da coleção.
ISBN 4: 978-65-86749-35-9

1. Literatura infantojuvenil. I. Mendes, Bruna, il. I. Título.

199-25-20 CDD: 028.5

Índices para catálogo sistemático:
1. Literatura infantil 028.5
1. Literatura juvenil 028.5

O texto deste livro contempla a grafia determinada pelo Acordo Ortográfico da Língua Portuguesa, vigente no Brasil desde 1º de janeiro de 2009.

Impresso no Brasil.

comercial@editorabambole.com.br
www.editorabambole.com.br

"Ensinai a vossos filhos que a terra é nossa mãe. Dizei a eles que a respeitem, pois tudo o que acontecer a terra acontecerá aos filhos da terra."

(Sabedoria Indígena)

1

a busca recomeça

– Gi, me desculpe, mas eu não encontrei o cristal que a vovó me deu em lugar nenhum! Já revirei meu quarto, o da mamãe, e nada! Aqui em casa ele não está.

Estávamos sentadas na cama de minha irmã, Clara, diante daquele problema inesperado. Afinal, desde o começo da nossa jornada em busca dos cristais mágicos da Amazônia, sempre acreditamos que o cristal da minha irmã estaria com ela. Só-que-não.

– Como assim, *imã*, tente lembrar onde você o guardou... Como era um presente da vovó, você deve tê-lo guardado na sua caixinha de joias e *bijus*.

– Pois foi esse o primeiro lugar em que eu procurei, Gi – disse isso e virou uma caixinha preta, cheia de colares, pulseiras e miçangas em cima da cama. – Viu!? Não está aí.

– Você se lembra da última vez que esteve com ele?

– Foi pouco antes da mudança para cá. Ele é amarelinho, muito bonito e brilhante. Eu o coloquei na minha caixinha de joias, que depois foi guardada numa caixa grande de papelão. Junto com as coisas da minha escrivaninha, livros e cadernos da faculdade.

– E aí...

– Bem, depois disso os *homens da mudança* fecharam a caixa e a levaram com as outras para o caminhão que trouxe tudo para cá. Quando eu desfiz a caixa grande, não olhei dentro da caixinha de joias. Do jeito que chegou eu a guardei na gaveta da cabeceira da cama. E nunca mais abri. Até o dia em que você me pediu para procurar. Pouco depois de voltarmos da viagem à Amazônia[1].

– Aham... entendi. Então ele pode ter sumido na mudança, ou alguém mexeu na sua gaveta e o levou. – Nesse momento, meu celular tocou. – É a Manu. Deixa eu atender, rapidinho.

– Oi, amiga... não. Nós não achamos.

Depois que eu expliquei para a minha amiga Manu o que a gente achava que podia ter acontecido com o cristal da Clarinha, ela me pediu para botar o Lipe na *call*. O irmão estava *atazanando* a sua paciência e não parava de dar palpites.

Ele queria falar alguma coisa conosco, e eu bem sei como ele é insistente e chato nesses momentos. Por isso aceitamos fazer a conexão por vídeo, e pouco depois estávamos os quatro falando ao mesmo tempo pela telinha do celular.

– A gente achou que só faltava um cristal daquela aldeia misteriosa, Gi, mas agora descobrimos que faltam dois[2]! Isso desanima a gente... Como você pôde perder o seu cristal, Clara?

---

[1] *É claro que você sabe do que ela está falando, não é mesmo? Da nossa primeira aventura, que se passou na Amazônia! Foi lá que recebemos do pajé, de uma misteriosa aldeia indígena, 20 cristais mágicos. Desde então, somos os seus guardiões. Naquela ocasião, nós também recebemos a missão de encontrar cinco cristais mágicos que desapareceram deste tesouro. Assim começou a nossa aventura pelo Brasil.*

[2] *O primeiro cristal eu tinha recebido de minha avó, assim como a Clarinha ganhou um. Em Foz do Iguaçu, encontramos outro, em uma viagem fantástica na qual fizemos novos amigos. O terceiro cristal estava em Bonito. Se você ainda não sabe como foram essas aventuras, não imagina o que está perdendo!*

– Eu não perdi, Lipe! Ele estava guardado. Alguém o tirou da minha caixinha...

– Então vamos chamar a polícia! – disse Manu.

– Sem saber quando isso aconteceu e sem termos nenhum suspeito?! Ninguém vai acreditar em nós – respondi.

– Além do mais, qual o valor daquela pedra? – perguntou Clara. Pela aparência, tratava-se do olho de tigre[3], eu vi vários iguais a ele na internet. Tem para vender no Recreio dos Bandeirantes.

– Então ficou fácil! Vamos até esta loja para comprar um igual ao que sumiu, para guardar no saquinho dos cristais mágicos daquela aldeia. Ninguém vai perceber a diferença. Depois disso, só faltará um. Eu sou um *gênio*!

– Gênio de uma lâmpada queimada! Isso é o que você é, Lipe!

– Por que isso, Manu? Você vive me detonando...

– Lipe, o valor do cristal está na magia que ele traz em si mesmo. E a sua importância está no pedido que o pajé nos fez – expliquei.

– Completar os 25 cristais mágicos da aldeia misteriosa – concluiu minha irmã.

– Beleza. Entendi. Não está mais aqui quem falou. Mas, então, o que vamos fazer?

Após alguns segundos de reflexão, ele mesmo trouxe a solução:

– A não ser que você pudesse voltar no tempo, para ver o que aconteceu com aquele cristal...

Mal acabou de completar essa frase e todos nós nos entreolhamos e gritamos a uma só voz:

– E POR QUE NÃO?

***

No dia seguinte, às 11 horas, nos reunimos na entrada do prédio da Clarinha. Esperamos o porteiro sair para o almoço e deixar a portaria

---

[3] *Uma das características deste cristal é a de neutralizar as energias negativas e fortalecer os talentos pessoais.*

vazia. Ficou combinado com os guardiões[4] que mais uma vez eu iria invocar o poder dos cristais mágicos da Amazônia.

Eu retornaria no tempo até o dia e hora da mudança da minha irmã. Teria que acompanhar o trajeto daquele cristal, para ver quando e por quem ele foi retirado da caixinha de joias dela.

O problema é que isso poderia durar dias e até meses. Como eu iria explicar o meu sumiço em casa ou na escola? Enfim, não havia outra saída. Esse foi o melhor plano que conseguimos formular naquele momento.

Como sempre, eu precisaria separar dois cristais do saquinho que o pajé me deu. Juntos, a energia destes cristais iria se unir à energia do sinal da pedra em cruz, que trago impressa nas minhas costas, e eu seria transportada em uma nova viagem no tempo.

Diante do olhar assustado dos guardiões, eu esvaziei o saquinho de cristais em cima da mesa da portaria. Um brilho intenso e quente emanou daquelas pedras. Eu procurei pela turmalina. Sem ela, a viagem no tempo não seria possível.

Depois que a encontrei, eu joguei todos os cristais no saquinho e confiei nos meus ancestrais para indicar aquele cristal que seria o mais importante para a viagem. E assim retirei de seu interior um cristal lindo, meio-verde-meio-vermelho[5], e me preparei para mais essa jornada.

– Fiquem tranquilos. Já, já, eu estarei de volta, e, se tudo der certo, com o quarto cristal perdido daquela aldeia misteriosa[6]. Cuidem bem dos cristais mágicos até eu voltar.

Então, mais uma vez, os meus amigos me viram baixar a cabeça, em concentração plena. Segurei os dois cristais em minhas mãos e disse:

---

[4] *Como eu, Clara e meus amigos assim nos intitulamos, já que temos a missão de zelar pelos cristais mágicos.*

[5] *Heliotropo – com propriedades de cura, força e coragem.*

[6] *Apenas para lembrar: em nossa primeira aventura, na volta da viagem ao Amazonas, eu fiquei sabendo dos dois cristais que nossa avó deu a mim e a Clara anos atrás. Nas nossas viagens seguintes, Foz do Iguaçu e Pantanal, encontramos dois cristais perdidos no tempo. Ao encontrar o cristal de Clara, ficou faltando apenas um cristal mágico para podermos completar nossa missão.*

PELO DOM QUE ME FOI CONCEDIDO E PELA ENERGIA DOS CRISTAIS QUE TRAGO COMIGO, EU INVOCO O PODER DOS ELEMENTOS E PEÇO AOS MEUS ANCESTRAIS QUE ME TRANSPORTEM AO DIA QUE EM QUE CLARA SE MUDOU PARA ESTE LUGAR.

Assim que eu terminei de falar, a marca da pedra em cruz em minhas costas esquentou até quase queimar a minha pele. Um calor que irradiava e que fazia tremer cada parte do meu corpo arrepiou todos os meus pelos. Meus pés deixaram o chão e assisti à imagem dos guardiões começar a esfumaçar, até desaparecer por completo.

Eu fechei meus olhos e, quando os abri, levei um susto enorme ao ouvir um homem gritando ao meu lado:

– Cuidado, menina!

2

cadê o cristal?

Ainda bem que não era comigo com quem ele estava falando. E nem poderia ser, já que eu estava invisível. Havia um caminhão de mudanças parado na frente da portaria da Clarinha. Portas de trás abertas e várias caixas de papelão sendo retiradas do seu interior.

Enquanto os homens descarregavam aquele enorme caminhão, uma menininha, de uns cinco anos de idade, se afastou de sua babá e ficou parada bem no caminho deles. Por causa da caixa à sua frente, um dos trabalhadores mal pôde vê-la a seus pés. Por isso, quase causou um acidente, e então ele chamou sua atenção.

A babá, uma moça bem jovem, de cabelos negros e escorridos, franjinha na testa, de olhos puxados e pele morena, correu em sua direção e segurou-a pela mão.

– Não faça mais isso, viu! Fique junto da sua Dadá, para não se machucar – disse isso, pegou a menininha e se afastou do caminhão da mudança, que seguia a toda.

Eu olhei ao redor e percebi diversas coisas estranhas. O porteiro não era o mesmo que eu havia visto sair há pouco para o almoço. Aquele porteiro que eu deixei para trás era alto e magro, enquanto este, que estava acompanhando a mudança, era mais baixo e forte. A árvore plantada na jardineira, em frente do prédio, parecia ter se encolhido e perdido vários dos seus galhos. Além disso, a varanda da casa da Clarinha estava sem a tela de proteção que a mãe dela instalou para a calopsita não fugir.

Só então lembrei que eu tinha andado vários anos para trás. Uns cinco anos ou mais. "Foco, Giovana, foco! Lembre-se do que veio fazer aqui: encontrar o cristal da Clarinha" – pensei.

Aproveitei a vantagem de estar invisível e segui para as escadas do prédio. Segurando firme meus dois cristais, para não perder a invisibilidade. Um em cada mão.

Como os homens da mudança teriam que levar cada caixa para um cômodo diferente, decidi aguardar a chegada da caixa da Clarinha em seu quarto. Eu esperava que o quarto dela no passado fosse o mesmo que eu conhecia do futuro.

Quando entrei na casa, ainda sem os móveis da sala, vi que a Clara e sua mãe estavam na cozinha. Desembalando e guardando os pratos, copos e xícaras nos armários. Fui para o quarto da minha irmã e vi, pela janela, umas caixas sendo retiradas do caminhão. Pouco depois, eu ouvi um barulhão que vinha das escadas.

– Seu desastrado, por que não olha por onde anda? – ouvi um dos homens da mudança gritar com o outro. Corri para ver o que tinha acontecido.

Um deles descia a escada correndo enquanto outros dois, que carregavam uma caixa grande demais para caber no elevador, vinham subindo. Do encontrão que deram em uma das curvas da escada, a caixa caiu no chão e a tampa se abriu.

Resultado: o que havia em seu interior rolou vários e vários degraus para baixo. Entre as coisas que saíram rolando estava a caixinha de joias da Clara, que também se abriu e deixou rolar tudo o que estava dentro.

Foi aquele corre-corre, e o encarregado pela mudança foi às pressas avisar à mãe da Clara, para ela não se preocupar. Nada havia se quebrado e eles já estavam juntando tudo.

Só não perceberam que o cristal da minha irmã, que era amarelo e redondinho, havia rolado mais que as outras coisas da caixinha, e tinha ido parar ao lado da porta de serviço do apartamento 101.

Eu não podia pegar o cristal na frente de todo mundo, pois corria o risco de alguém ver a pedra desaparecer quando eu a tocasse. Achei melhor esperar até que todo aquele movimento diminuísse.

Subi para o apartamento e fui ver minha irmã. Bem mais nova do que quando a deixei na portaria. Cabelos curtos e segurando uma caneca do Beto Carrero World, que ela adora. Ela caminhou até a janela do quarto, apoiou a caneca no parapeito e olhou para baixo, para acompanhar o entra e sai de caixas do caminhão.

Não resisti à tentação de ir até o seu lado e ficar olhando para ela. Estava doida para voltar e contar que estivemos juntas naquele dia. Isso é muiiiito divertido. A mãe dela a chamou e ela foi para a cozinha. Deixou a xícara ali em cima do parapeito e saiu.

Aí, eu resolvi pregar-lhe uma peça. Este foi o meu erro...

Soltei um dos meus cristais, para ficar visível, e bebi a água que estava na xícara. Mal tinha dado o último gole e ouvi a Clara voltando para o quarto. Na pressa de pegar o cristal para ficar invisível eu apoiei a xícara na beirada da janela e ela caiu.

Clara não chegou a tempo de me ver, pois eu já tinha "desaparecido", mas chegou a tempo de ver a sua querida xícara se esborrachando no chão.

– O que foi isso, Clara? Você se machucou?

– Não, mãe, está tudo bem. Minha xícara, que eu adoro, caiu no chão e quebrou.

– Você se cortou? Quer que eu leve um pano para enxugar o chão?

– Não precisa. Estava vazia – e cochichou: – Estranho, não me lembro de ter acabado de beber...

– O que disse?

– Não sei como foi possível ela cair sozinha.

– Você deve ter deixado na beiradinha e alguma vibração da rua a fez cair.

– É, pode ser...

Ainda bem que ela não podia me ver nem me ouvir pedindo desculpas. Sei o tanto que ela gostava daquela xícara, pois já tinha me contado como a ganhara. O papai comprou em viagem ao sul, que fizeram juntos, antes de eu nascer. Desculpa, *imã*.

Decidi voltar para a escada, pegar o cristal e retornar ao meu tempo. Já tinha feito muita bobagem por ali.

A mudança estava quase no fim. Desci os dois lances de escada e, quando cheguei no *hall* do 1º andar, outra surpresa. A babá da menininha segurava o cristal amarelo em suas mãos! Um facho de luz, na cor da pedra, emanava do seu corpo. Eu me aproximava por trás dela quando – de repente – ela se virou e olhou para mim! Sinistro.

Ela olhava em minha direção como se sentisse a minha presença.

Eu gelei.

Aí, ela guardou o cristal no bolso de seu uniforme de babá. Ainda olhando nos meus olhos, ela tirou um elástico do outro bolso. Fez um rabo de cavalo, virou-se na direção da porta do apartamento, que ainda estava aberta, e seguiu naquele sentido.

Foi nesse momento que eu vi o sinal da pedra em cruz que ela trazia tatuado em seu pescoço. O seu uniforme, que era uma calça e um jaleco brancos, se transformou aos meus olhos em um traje indígena. Curtinho, bege e com motivos tribais ao longo do decote do peito.

Eu estava de boca aberta, ainda atordoada com aquela cena, e sem saber o que fazer, quando um dos homens da mudança atravessou pelo meu corpo invisível ao descer pela escada. Tomei o maior susto!

Fiquei zonza. Me apoiei no corredor. Respirei fundo para me sentir melhor e não tive mais dúvidas. Precisava ir embora dali e contar aos guardiões sobre o que tinha acontecido. Eu já sabia quem estava com a pedra. Isto era o mais importante.

Me concentrei firmemente e pedi aos meus ancestrais que me levassem de volta.

Pouco depois, eu desci as escadas, do primeiro andar até o térreo, e assustei a todos quando entrei na portaria. Cheguei pelo lado oposto àquele onde eles tinham me visto desaparecer.

– Olá, guardiões. Tudo bem por aqui?

– Poxa, Gi, quer matar a gente do coração? – perguntou Lipe.

– Cadê o cristal? – perguntou Manu.

– Bom, veja bem...

3

a Dadá

Primeiro, eu precisei acalmar os meus amigos e a minha irmã. Eles estavam *superansiosos* para saber o que tinha acontecido. Eu expliquei que não tinha conseguido pegar o cristal da Clarinha, mas que o tinha visto e já sabia quem estava com ele.

– Gente, tenham calma! – eu pedi. – Clarinha, podemos subir para o seu apartamento? Eu estou com sede e com muita fome. Essas viagens no tempo me abrem o apetite, sabia? – e sorri para ela, que já está acostumada com a minha *famintice*.

BURP!

– Boa, Gigi, eu também aceito um lanchinho – disse Lipe, mais guloso do que eu. – Meu estômago está roncando.

– Deixa de ser mal-educado, Lipe! – zangou-se Manu. – Clara é irmã, mas você é visita. Espere elas convidarem a gente. Não foi isso que mamãe nos ensinou?

– Mas ela também me falou que quando a gente recebe visita oferece um lanchinho. Não é isso, Clarinha? Se a gente vai ser visita...

– Lipe. Eu viajei no tempo, para cinco anos atrás. Fui e voltei. Ou seja, faz dez anos que eu não como nada...

– Ahã, até parece, Gigi! Nessa eu não caio mesmo! Você não aguenta ficar cinco minutos sem comer, imagina se ia ficar dez anos!?!?

– Gente, sem briga! Vamos lá pra casa, e eu vejo o que temos para oferecer – disse Clarinha, acabando com a discussão.

Pouco depois, a gente estava na mesa da sala delas. A mãe da Clarinha tinha oferecido frutas, torradas, suco de laranja e um pão de queijo quentinho e cheiroso para a gente fazer uma *boquinha*. Lipe não recusou nada! Aquele guloso.

Mais calmos, eu pude contar o que tinha acontecido.

– Então, foi isso – eu disse. Contei para eles tudinho, menos o episódio que se passou no quarto da Clarinha.

Eu reparei que ela estava tomando café com leite na mesma xícara que eu havia quebrado nesta viagem ao passado. Sem querer, mas quebrei. A xícara estava inteira antes de eu voltar no tempo. Eu estou certa de que a vi, inteirinha, na semana passada! Havíamos lanchado juntas, nesta mesma mesa, naquela ocasião. Mas agora ela estava com ranhuras nas partes que foram coladas. Então isso quer dizer que o que eu fiz no passado alterou o futuro. Sinistro!

– Que foi, Gigi? Por que está olhando tanto para a minha xícara?

– Nada não, *imã*. Como foi mesmo que ela quebrou?

– Caiu do parapeito da janela do meu quarto. Faz muito tempo. Mas eu não quis jogar fora. Eu amo essa xícara. Aí eu pedi e o papai colou para mim. Você não se lembra?

– Gente, esquece esse papo de xícara e vamos descer para falar com a Dadá – disse Lipe.

Foi aí que recebemos uma ducha de água fria.

– Só que a Dadá não mora mais lá – nos contou a mãe da Clara.

– Faz mais de um ano. Aquela menininha cresceu e não precisava mais de uma babá. Aí a mãe dela a dispensou.

– E para onde ela foi? – perguntou, Lipe, aflito.

– Isso eu não sei dizer. Por que vocês não dão um pulo até lá e perguntam?

Foi exatamente isso o que fizemos. Descemos a escada correndo. Tocamos a campainha e escutamos Clarinha inventar uma história para ela. Disse que queria indicar a antiga Dadá de sua filha para uma colega do trabalho, que estava esperando bebê.

– Entendo, Clara, mas acho que a Dadá não poderá ajudar a sua amiga. Antes de sair daqui ela nos disse que se mudaria para fora da cidade. Iria cuidar de sua avó, que estava doente e precisava de uma acompanhante.

Assim que a mãe da menininha falou o nome da cidade para onde a Dadá tinha se mudado, eu senti o meu sinal da pedra em cruz vibrar em minhas costas. Como das outras vezes, eu sabia que este era o local onde o cristal estaria escondido.

A Clara agradeceu mesmo assim, e saímos decepcionados.

Naquela noite, eu fiquei pensando em como a gente ia fazer para chegar até lá. Não sei se meus pais iriam topar fazer esta viagem, em meio ao período escolar. Além disso, não sei como faríamos para encontrar a pedra. Precisaria confiar mais uma vez na minha intuição, em meus ancestrais e em que o VT me indicaria o caminho a seguir.

Foi pensando nisso que eu adormeci.

Em meu sonho, eu fui transportada para um lugar desconhecido. Como se eu estivesse sendo levada pelas garras de um enorme Gavião-Rei. Igual àquele que me acompanhou na viagem ao Pantanal[7]!

***

O vento batia em meu rosto e eu sentia o cheiro do mar. Avistei inúmeros barcos de pescadores, que estavam amarrados a toras de

---

[7] *Mais conhecido como gavião-real, também chamado cutucurim, gavião-de-penacho, harpia, uiraçu, uiracuir, uiruuetê, uraçu, águia-brasileira ou uiraçu-verdadeiro, é uma ave acipitriforme da família dos acipitrídeos.*

madeira ao longo de um extenso píer. Barcos de todas as cores e tamanhos estavam ali ancorados.

Sobrevoamos uma igreja branca, com uma cruz em cima, de frente para uma pequena praça. O Gavião-Rei me pousou lentamente sobre a grama e partiu. Soltou um grito estridente no ar e sumiu.

As ruas têm pedras no lugar de asfalto. As casas são baixinhas com portas e janelas de madeira, pintadas de cores vivas e alegres. Apesar disso, parecem abandonadas. Não há ninguém por perto e não ouço ruído algum. Como se fosse uma cidade fantasma. Mas não estou com medo.

Sigo em frente por uma rua lateral àquela igreja. Me afasto do mar, que ficou às minhas costas. Ao chegar no final da rua, ainda sem saber o que estava fazendo ali, sinto o cheiro de incenso. Um cheiro ao qual eu já estou acostumada, pois sempre indicou a presença do meu amigo VT, o Viajante do Tempo.

Viro para trás. Avisto uma menininha de costas. Cabelos negros, saia rendada, carregando algo em sua mão, que eu não consigo identificar. Eu a vejo tomar a rua, à direita. Corro para alcançá-la, grito por ela, mas a voz não sai da minha boca! Apenas um gemido.

Chego à entrada daquela rua, bem a tempo de vê-la virar a esquina seguinte. Desta vez, à esquerda. Ando mais rápido, para não a perder de vista, mas as pedras irregulares do calçamento me fazem tropeçar, e eu caio.

***

Acordei assustada e ofegante. Ainda sentia o cheiro do incenso do VT em meu quarto. Ele queria me dizer alguma coisa. Mas o que seria isso? Que lugar era aquele, que eu nunca havia visto antes na minha vida?

Troquei de roupa e corri para a cozinha, bem a tempo de encontrar meu pai e minha mãe ainda na mesa do café.

– Pai, mãe... eu sei que é estranho o que vou pedir a vocês, mas precisamos embarcar em uma nova viagem.

Eu tinha começado o trabalho de convencimento dos meus pais, e sabia que ia ter uma difícil tarefa pela frente.

– Como assim? – perguntou minha mãe.

– Tem alguma coisa a ver com os cristais mágicos da Amazônia? – perguntou meu pai.

– Sim, pai, eu sei que estamos no começo do ano letivo. Sei que não posso perder aulas, e sei que é muito difícil tirar notas boas em provas de segunda chamada.

– Então, se você sabe de tudo isso, não precisava nem perguntar... – falou mamãe. – A resposta é não.

– Mas, mãe, deixa eu acabar de falar... isso é muito importante para o pajé e para aquela aldeia misteriosa da Amazônia. O meu amigo VT não teria vindo me procurar esta noite se não fosse este o momento certo para a nossa viagem.

– Filha, eu entendo tudo isso que você falou, mas não dá. Se o VT voltar a te procurar, peça para ele só retornar nas férias de julho. Aí a gente pensa no assunto.

– Poxa vida, mãe! Isso não é justo! Você nem quer saber para onde é a viagem?

4

uma reação inesperada

Eu já estava ficando sem argumentos. Meus pais tinham razão. Não era o momento mais apropriado para fazermos essa viagem. Eu já dava a batalha por vencida quando a Clarinha, no final do dia, chegou para jantar conosco.

– Oi, pessoal – disse ela, toda animada, até perceber que eu estava com uma tromba enorme. – Ops! Okeeey, eu perdi alguma coisa?

– Eles não querem deixar a gente viajar para procurar o cristal que você perdeu.

– Como assim? Eu não perdi nada. Tiraram de mim.

– Eu sei, *imã*. O fato é que a gente não pode viajar fora das férias, para não perder aulas.

– Mas nem precisa – disse ela.

– Por que não? – perguntou meu pai.

– Pode ser uma viagem de final de semana.

– Então é perto?

– Paraty, pai. Acho que quatro horas de carro[8].

– Por que você não disse isso antes, Giovana?

– Vocês não me perguntaram onde era, ué! Foram logo dizendo NÃO!

---

[8] Paraty e Ilha Grande detêm o título de Patrimônio Cultural e Natural da Unesco. Além da riqueza histórica e arquitetura, Paraty possui uma biodiversidade que contempla centenas de espécies raras de flora e fauna, algumas das quais estão na lista de espécies em extinção.

– Seu tio Paulo vai adorar! – disse o papai. – Ele já foi para lá duas vezes. Fotografar passarinhos. Gabi, liga para Marcela e veja se eles topam ir na semana que vem. Clarinha, você e sua irmã vejam uma casa baratinha para a gente alugar. Vamos na sexta-feira, depois da aula, e voltaremos domingo, depois da praia. Podemos fazer um passeio de barco, o que acham?

Meu pai havia surtado! Adorou a ideia e fez uma extensa programação para aquela viagem. Mas eu, eu estava preocupada. Como seria possível encontrar a Dadá, com apenas dois dias de viagem e tantos passeios pré-agendados?

Precisávamos traçar uma estratégia e, por isso, reuni os guardiões naquela noite.

– Gente, o que sabemos desta cidade? – perguntei para o grupo.

– Eu sei alguma coisa, Giovana – disse Clara. – Já estive lá com amigos uma vez. Mas não estou certa de saber o necessário para o que queremos.

– Que é...? – perguntou Lipe.

– ACHAR O CRISTAL PERDIDO DA CLARINHA – dissemos ao mesmo tempo, Manu e eu, que ainda completou: – Em que mundo você vive, Lipe? Não deve ser na Lua, porque a Lua está muito perto e você está sempre tão distante...

– Eu só estava testando para ver se estávamos todos na mesma sintonia.

– Tudo bem, Lipe, então diz para a gente. O que você sabe de Paraty?

– Sei que tem uma ótima pizzaria, uma creperia em que a especialidade é a de chocolate com morango e uma sorveteria que tem o melhor pistache do planeta!

– E os indígenas, Lipe, você viu se tem alguma aldeia por lá?

– Não. Não vi, Gigi. Aliás, para falar a verdade, eu vi apenas um menino indígena tocando flauta. Na frente de um restaurante de frutos do mar. Ele atrapalhou minha visão, quando eu olhava uma lagosta grande sendo retirada de um aquário.

– Bem, isso já é um começo.

– E você, Manu? Lembra de alguma coisa que possa nos ajudar?

– Não, Clarinha. Quando a gente esteve lá, ficamos passeando de lancha enquanto o papai foi fotografar pássaros. E na lancha não vimos indígena algum. Quem te disse que tem alguma aldeia indígena em Paraty? Eu estudei na escola que Paraty era uma cidade na rota do ouro. E, que eu saiba, havia muitos africanos escravizados neste trabalho. Mas nunca ouvi falar de indígenas...[9]

– Falou a exibida. Eu nunca ouvi falar nada disso e estou no mesmo ano que você.

– É que você, Lipe, só pensa em comida e futebol.

– E você, Manu, só pensa em namorar.

– Gente, parem um pouco de brigar! Por favor.

– Fica combinado que todo mundo vai estudar sobre a cidade antes da viagem.

– Combinado. Mas temos que focar nos indígenas. Onde houver grupos indígenas haverá mais chances de encontrarmos a Dadá, a avó dela e o cristal da Clara.

– Certo, mas e agora, tem lanchinho? – perguntou Lipe.

– Só se você quiser nos acompanhar até a casa da vovó Magda. Combinamos de lanchar com ela, hoje. Clarinha e eu.

– Bem, Gi, já que você insiste...

– É muito cara de pau – resmungou Manu.

---

[9] Depois que evoluímos em nossas pesquisas, nós descobrimos que, na região da Costa Verde, entre o Rio de Janeiro e São Paulo, os caiçaras, quilombolas e indígenas estão integrados com o verde, em meio ao pouco que resta do bioma da Mata Atlântica na região Sudeste.

– Sem problema, Lipe – disse minha irmã –, a vovó vai adorar. Ela adora ter a casa cheia.

Ela mora em um bairro que tem nome de time de futebol. Para chegar, lá tivemos que passar por vários cartões-postais da cidade.

Assistimos a alguns homens e mulheres voadoras, com suas asas-deltas, aterrissando na praia de São Conrado. Atravessamos a Avenida Niemeyer. A Clarinha me mostrou o mirante onde ela e o papai assistiam às pescarias, quando ela era pequena. Depois, passamos pela orla do Leblon. O cheiro da maresia nos acompanhou até entrarmos em uma avenida larga, que nos levou à Lagoa Rodrigo de Freitas. Linda!

Seguimos margeando o Jardim Botânico, só para ver o Cristo Redentor lá em cima do morro do Corcovado, e chegamos à Baía de Guanabara.

– Gente, vamos combinar de ir juntos ao Pão de Açúcar? – propôs a Manu.

– Eu topo! Clara, você leva a gente? – pedi para minha irmã.

– Levo, sim. Vamos combinar um dia bem bonito para fazermos a trilha. A gente sobe o primeiro morro pela trilha e o segundo de bondinho. O que acham?

– Entre um morro e outro a gente come alguma coisa, porque ninguém é de ferro...

– Sou obrigada a concordar com o Lipe. Tenho certeza de que eu vou ficar faminta depois dessa caminhada, hahaha!

Pouco depois, chegávamos à casa da vovó. Ela nos recebeu com um sorrisão, braços abertos e uma frase que sempre diz quando recebe visita.

– Podem entrar e ficar à vontade. A casa é pequena, mas o coração é grande.

Passamos uma tarde maravilhosa, cercados de histórias sobre a minha infância e a de Clarinha. Ela também nos contou algumas travessuras do papai, de quando ele era "moleque". Eu nunca imaginei que ele aprontasse tanto! Talvez por isso esteja tão animado com as minhas aventuras na busca pelos cristais mágicos.

Enquanto ouvíamos as histórias de família, ajudamos a vovó a colocar a mesa para o lanchinho. Era o momento mais aguardado pelo Lipe!

A nossa avó, dos cabelos cor de fogo, tinha preparado um monte de coisas gostosas: pão de queijo, bolinho de chuva, bolo de fubá, arroz doce com leite condensado e uns biscoitinhos amanteigados. Guloseimas que só encontramos em casa de vó. O Lipe nem aguentou de tanto que já tinha se empanturrado.

Na hora de se despedir, ele encheu os bolsos com os amanteigados que ainda não tinha conseguido provar.

– São para a viagem de volta, vó Magda.

– E quem disse que ela é sua avó, Lipe? Essa vó é minha! Arruma outra para você...

– Deixa ele, Gi. Fico muito feliz por me ter "adotado" como sua vozinha.

– Vó, desculpa ele, tá? Ele não tem modos, mas eu gosto dele mesmo assim. Hehe.

– Querida, não tem do que se desculpar. Zele muito bem pelos seus amigos. Eles são joias raras e estarão sempre ao seu lado. Na volta de Paraty, traga todos para almoçar. Vou fazer o nhoque da fortuna, no dia 29. Não faltem!

Acho que os dicionários deviam incluir mais um significado para a palavra avó: "carinho em dobro".

5

#PartiuParaty

Na sexta-feira seguinte, depois da aula, eu fui a última a entrar na van que o papai alugou para a viagem. Ao ver aquele carro gigante se aproximando da escola, eu pensei em duas coisas: vai ser uma viagem inesquecível, e não sei se esta van vai sobreviver!

Parecia um touro mecânico, de tanto que sacudia. O Lipe fazia a maior bagunça e eu ainda nem havia entrado no carro!

– Lipe! Pare de se mexer um pouco, para eu sentar no meu banco!

– Epa, epa! Acabou de entrar e ainda quer sentar na janela?

– Gente, gente, calma. Tem quatro janelas. Uma para cada um. Não precisa brigar por isso – disse a mamãe.

– Mas eu quero ir no meio – disse Manu –, perto da minha amiga.

– E a Clarinha também quer o meio. Se não, ela enjoa.

– Por que parou, parou por quê? – perguntou Lipe, cantarolando todo animado.

– Parei para a gente sortear os lugares e acabar com essa confusão dentro do carro – disse o papai. – É impossível dirigir assim!

– Bem – disse tio Paulo –, para quem precisa rodar 400 km, e já andou 3 km em 30 minutos, estamos bem mal! Se continuar neste ritmo, chegaremos amanhã depois do café.

– Ihh, gente, vamos perder o passeio de lancha.

– Que passeio de lancha, mãe?

– Seu tio Ricardo marcou no píer às oito da manhã para um passeio que vai durar o dia inteiro, Manu. Vamos parar em diversas praias da baía. É um passeio lindíssimo!

– Bahia de Salvador? Oxe! Achei que a gente ainda estava no Rio! Bem que eu vi que estava demorando a chegar...

– Nããão, Lipe! Baía de Paraty. Ainda no estado do Rio de Janeiro.

– Tem almoço incluído, tio?

– Tem sim, Manu, fique tranquila. E também diversas frutas da estação, sucos e água fresca.

Pronto. Não sei se sorrio ou se choro. Será que a Dadá estará em uma destas praias? Ou será que ela estará no barco que nos levará pro passeio? Uma coisa me deixou com a pulga atrás da orelha: meu sinal da pedra das fadas não vibrou quando meu pai mencionou este passeio...[10]

– Vamos ouvir uma música? Papai, esse carro tem *Bluetooth*? Coloca a minha lista do *Spotify*, por favor!

– Filha, a gente está viajando em grupo. O que você acha de perguntar aos amigos o que eles gostariam de ouvir?

– Isso mesmo, Gi, pergunte a seus amigos se eles querem colocar a *playlist* deles.

---

[10] *Isso sempre acontece diante de um perigo iminente ou para indicar uma direção a seguir.*

– Isso não é justo, Clara! – eu gritei, diante da sugestão da minha irmã.

– A vida não é justa, Giovana! – disse a mamãe. – Seja educada.

Aí eu emburrei.

– Tudo bem? Então, pode colocar a minha lista, tio – disse o Lipe.

– A sua é horrível, Lipe. Bota a minha, tio. Ela é muito melhor – disse Manu.

Aí começou um bate-boca entre os irmãos.

– Nem um, nem outro! Vamos jogar um jogo – propôs o pai dos gêmeos. – A viagem passará mais rápido se a gente for brincando, em vez de brigando!

Todos concordaram e a discussão acabou. O meu tio disse que ele seria o primeiro para não ter briga por causa disso também. Pensaria em um bicho e a gente teria que adivinhar que bicho era.

– Cada um pode fazer apenas uma pergunta sobre esse animal. O nome do bicho começa com a letra "a".

Ele também determinou que a ordem das perguntas seria alfabética e por isso a Clarinha começou:

– É um peixe? – Meu tio disse que não, e o Lipe se meteu.

– Nem existe peixe que começa com a letra "a".

– Tem sim, Lipe – disse Manu.

– Então me diga um! Duvido!

– Anchova, atum, agulha...

– Agulha não é peixe. É instrumento de costureira.

– Mas também é um peixe – disse meu tio. – Agora faça a sua pergunta, Felipe. E, depois de você, será a Gigi.

– É uma anta?

– Em vez de chutar o nome do bicho, eu sugiro que você faça perguntas genéricas, filho. O bicho em que eu pensei não é um mamífero, como a anta. Logo, você errou. Mas darei outra pista: assim como a anta, o nome deste bicho começa e acaba com a primeira letra do alfabeto.

– Ele voa? – perguntei, aflita. Achei que poderia ser uma arara. Só-que-não.

– Ele não voa, Gigi. Agora é você, Manu.

– Eu acho que já sei. Mas farei uma última pergunta: este bicho se arrasta no solo?

– Sim, Manu. Ele se arrasta no solo, para se locomover. Mas agora é a vez do Lipe. Vai, filho, faça valer a pena...

– Já sei, pai: o bicho que você pensou é "aminhoca"!

Era óbvio que não se tratava de uma minhoca, e todos caíram na gargalhada. A Manu havia acertado. Meu pai pensou na anaconda. A maior cobra da Amazônia. A Clarinha disse que também já sabia. Eu confesso que não.

A anaconda me fez lembrar daquela viagem fantástica que fizemos dois anos atrás. Lembrei-me da jiboia que enrolei no pescoço para tirar uma foto. Do bicho-preguiça que eu quis trazer comigo para casa e não pude. E, finalmente, dos cristais mágicos, que eu não esperava ganhar, que são a razão principal desta incrível jornada.

Na choupana de Kolomona, avô do Índio Leo, pouca coisa nos foi esclarecida. De certo sabemos que o pai de Leo, filho de Kolomona, morreu picado por uma cobra. Sabemos, também, que, apesar de ser o neto mais velho de Kolomona, Leo não quer ser o cacique da aldeia. Muito menos ficar com a guarda dos cristais místicos.

Em sonho, o Conselho dos Anciãos daquela aldeia misteriosa ficou sabendo que, um dia, uma menina chegaria até eles conduzida pelo Índio Leo. Essa menina traria consigo o sinal da Cruz das Fadas. A ela deveria ser entregue a guarda dos cristais e a missão de encontrar os cinco que estavam faltando. Sem me dizer nada sobre por onde começar!

Como nada é por acaso, Clara e eu havíamos ganhado dois desses cristais de minha avó. Mãe do papai. Eles foram entregues a ela por seus antepassados. Geração após geração. Da Amazônia, os cristais se espalharam pelo Brasil. Provavelmente, levados por indígenas que utilizaram a enorme malha de rios que cobre o nosso país.

Aprendi, em nossas viagens, a importância de se preservar a natureza, nossas reservas naturais, indígenas, a fauna e a flora de nossos biomas. Disso depende o futuro do nosso planeta. Planeta que nos fornece água, ar e o alimento que comemos.

Entretanto, ainda não descobri nada sobre aquela aldeia que visitamos. O que está escondido na Amazônia que o pajé Kolomona e os anciãos não quiseram, ou não puderam, me contar?

– Quem é o Viajante do Tempo?

– Você falou alguma coisa, Gi? – perguntou Clara.

– Estou apenas pensando alto, *imã*.

– Mas já que perguntou, vou dizer quem eu acho que ele é – disse Clara.

– Como assim, você já descobriu quem é o VT?

6

a segunda rodada de jogos

– Eu acho que o VT é o pajé.

– Como? Não pode ser – disse Manu. – Ele é tão velhinho...

– Eu explico – disse Clara. – Como ancião e antigo guardião dos cristais, ele pode ter feito estas viagens no tempo para te ajudar, Gi, enquanto esteve na posse dos cristais. Viajou ao futuro, enquanto era jovem, e esteve sempre um passo à sua frente, preparando o caminho que você iria seguir.

– Sinistro – balbuciou Lipe, que claramente pensava nesta possibilidade.

Todos estavam em silêncio depois de ouvir a opinião de Clara. Quantos mistérios estão guardados na Amazônia? O que será que vai ser feito daquela aldeia do pajé? Ele já está bem velhinho e o Leo não quer ser cacique. Está estudando História, na Universidade de

Manaus. O pai dele morreu picado por uma cobra antes de passar ao irmão mais novo todo o conhecimento e sabedoria recebida dos seus ancestrais. Sem isso, ele não poderá assumir o lugar de cacique daquela aldeia, mesmo que queira.

– Será que aquele grupo de indígenas vai deixar de existir? – perguntou Manu.

Eu fiquei bem triste com a pergunta que a Manu deixou no ar. Será que aquela aldeia vai desaparecer, caso não encontremos os cristais que estão faltando? Meu tio, então, começou a falar e interrompeu o silêncio que estava no carro.

– Sabe de uma coisa, Manu? Quando as caravelas de Cabral chegaram à Bahia, em 1500, havia entre dois e três milhões de indígenas vivendo no Brasil. Estavam espalhados em diferentes grupos Tupi-Guarani.

– Caraca! Isso é muito, né, pai?

– Isso mesmo, Lipe. Mas, infelizmente, hoje, esse número é pouco maior do que 300 mil.

– Ou seja, o público de três partidas entre Flamengo e Corinthians – disse Lipe, que só sabe falar de futebol quando não está pensando em comida.

– Como foi que eles desapareceram, pai? – perguntou Manu.

– Boa parte foi escravizada pelos colonizadores europeus. Em diferentes períodos, eles foram obrigados a trabalhar no campo, participar de guerras ou da extração de ouro e diamantes das Minas Gerais.

– Nossa! – disse Manu.

– Mas a maior causa dessa enorme redução no número de indígenas é apontada por pesquisadores ao avanço dos colonizadores sobre suas reservas. O contato com o homem branco os deixou suscetíveis a contrair gripes, sarampo e varíola.

Depois de mais esta explicação, eu tive a sensação de estarmos demorando muito para localizar os cristais que podem salvar aquela aldeia da Amazônia. Só agora descobrimos que o cristal da Clara havia sumido. Se eu tivesse ido buscar o cristal dela há mais tempo, talvez agora só faltasse um.

Ao perceber que eu estava chateada, mamãe quebrou o silêncio e disse:

– Você não deve se culpar por nada disso, Gi.

– Sua mãe tem razão, Giovana – complementou o papai –, a terra que os indígenas ainda ocupam permanece protegida da ação depredadora dos madeireiros, mineradoras e pecuaristas irresponsáveis.

– Os indígenas cuidam e zelam da terra e dos rios de suas reservas – disse a tia Marcela. – Dali, eles retiram a água que bebem, o alimento e, até mesmo, os remédios de que necessitam para sobreviver.

– Eu sei disso, pai. Mas acho que, além de tudo o que já fazemos, existe algo maior nesta jornada. E eu ainda não sei o que é...

BURP!

– Beleza, Gigi, mas enquanto você tenta descobrir qual é este "algo maior" – e Lipe fez aspas com os dedos, debochando de mim –, sinto "algo menor" no meu estômago, que precisa ser preenchido. Poderia me passar a sacola com os biscoitos, por favor? Estou morrendo de fome...

– Não passo, para você deixar de ser debochado.

Climão.

Aí, minha mãe quebrou o mal-estar.

– Você não merece, Lipe, mas vou te passar.

– Agora vê se sossega – disse tia Marcela.

O Lipe pegou a sacola. Retirou um pacote de goiabinha. Abriu, mordeu um biscoito e disse, sorrindo:

– Manu, como foi você quem ganhou a última rodada, agora é a sua vez.

– Então... já pensei num bicho. Duvido alguém acertar! – disse ela.

– Dá uma pista! – pediu Clara.

– Este bicho não se arrasta para se mover, como a anaconda da Amazônia.

– É uma ave? – eu perguntei, mas ela negou.

– É um réptil? – perguntou Clara, mas Manu fez que não com a cabeça.

– É um inseto? – perguntou Lipe, e de novo, outra negativa.

– Então, é um mamífero?

– Sim, Gigi! – até que enfim.

– Com que letra começa? – perguntou Clara.

– Com a letra "S".

– Já sei – gritou Lipe – é um sapo!

– Não, Lipe! – todos falaram ao mesmo tempo.

– Sapo é um anfíbio! Perdeu! Quem chuta fora da hora, e erra, sai do jogo. Você é muito bagunceiro...

– Quem fez essa regra? Foi você, Manu? – gritou Lipe, enfurecido. – Isso não vale! Ninguém combinou nada disso antes de começar o jogo.

Depois de meia hora de briga, e de muita discussão, o Lipe ainda estava no jogo. A Clara tinha acertado qual era o bicho em que a Manu havia pensado. O mamífero que começava com a letra "S" era a suçuarana. Puma ou onça-parda, tudo a mesma coisa.

Aí, eu me lembrei da Juma. Como eu poderia me esquecer do susto que ela me pregou, quando eu estava naquela caverna em Foz? Se não fosse o meu amigo VT, que surgiu para me socorrer naquele momento, eu nem sei o que teria sido de mim!

Impressionante como ele sempre está um passo à minha frente. A maneira com que ele aparece em meus sonhos e me indica o caminho a seguir... Tudo bem que ele poderia fazer isso de uma forma menos perigosa. Levar a gente até o interior daquela caverna foi sinistro! Mas, por outro lado, se não fosse daquele jeito, eu nunca teria conhecido Naipi, Tarobá e sua filhinha Potyra.

– Terra chamando Giovana. *Houston, we have a problem.*

– Não enche, Lipe. Seu problema é fome! Come outro biscoito, vai.

– É que a gente está te chamando há um tempão, Gi, e você parecia estar longe daqui. O que houve, amiga?

– Estava pensando em Nahara. Vocês têm falado com ela?

– Sempre! – respondeu Manu. – Pelo menos uma vez por semana. Desde que ela descobriu que também possui o sinal da pedra em cruz, Gi, ela nos tem acompanhado por todo o Brasil.

– A Nahara ficou bastante estranha quando eu toquei em sua mão, vocês se lembram?

– Isso! Ela sentiu a marca do cristal das fadas em seu pulso se aquecer e vibrar – lembrou Clara. – Alguém contou para ela que estamos indo a Paraty, em busca do cristal que estava comigo?

– Ela já sabia – respondeu Lipe. – O Leo contou para ela...

– Como assim? – Clara perguntou surpresa.

– Ih, nem te conto... Eles têm se falado bastante! Acho que ainda vai rolar um romance dessa história. Isso não é lindo? A gente acabou servindo de cupido ao apresentarmos um ao outro pela internet.

– ♫ Manu só quer, só pensa em namorar. ♫ Ela só quer, só pensa em namorar... – cantarolou Lipe.

– Manhêêê! Fala para ele parar!

– Para, Lipe, deixa sua irmã em paz! Deixa de ser chato!

– Pai, ainda falta muito? – perguntou Manu.

7

pista escorregadia

– Gente, já é a terceira vez que vocês perguntam se falta muito! – disse mamãe.

– Ainda faltam umas duas horas – meu pai falou, ao reduzir a marcha para fazer uma curva. – Você acha isso muito ou pouco, Manu?

– É muito tempo! Podemos deixar o Lipe na rodoviária? – ela perguntou. – Ele pega um ônibus para Paraty. Só assim ele para de chatear a gente.

Todos achamos graça da proposta da Manu. Mas ninguém pensaria em deixar meu querido amigo para trás. Aquele que sempre esteve pronto a me defender dos perigos mais inesperados. Embora isso nunca tenha sido necessário. O VT sempre chegou antes.

Pelo menos, a piada da Manu serviu para o Lipe se acalmar... por alguns minutos. Era essa a oportunidade que Manu aguardava. Ela queria nos contar quem suspeitava que fosse o misterioso amigo VT.

– Sabe, gente, eu não acho que o VT é o pajé. A Gigi me mostrou o desenho que ela fez dele quando voltamos da viagem a Foz. E aquele desenho me fez lembrar do Índio Leo.

– Caramba! Boa ideia, Manu. Nunca tinha pensado nisso. Ele também tem o sinal da pedra em cruz. É um dos guardiões, assim como eu e...

– Mas não tem os cristais para fazer a viagem no tempo – disse Clara –, você precisa de dois cristais, além da marca do cristal das fadas para fazer as viagens, lembra?

– Ele pode ter pegado escondido – sugeriu Lipe –, enquanto o pajé dormia.

– Claro que não, Lipe! Ele é muito bacana para "roubar" coisas sem o vô dele ver.

– Concordo com a Clarinha, Lipe.

– Mas ele pode ter pedido emprestado ao pajé, para fazer as viagens, e depois devolvido! Quem sabe?

– Aquela ilustração que eu fiz dele durante a Caça ao Tesouro me traz ótimas lembranças – eu disse.

Animado com o assunto, o Lipe resolveu nos contar que tem conversado com o "piloto" lá de Foz. Aquele moço que foi nosso motorista/guia estava muito empolgado com as onças do parque.

Pelo que o Lipe nos disse, o piloto está fazendo um curso de Veterinária. Decidiu se especializar em grandes felinos. Isso é a cara dele. Superpreocupado com as onças-pardas, que estão na lista dos animais em extinção na Mata Atlântica.

– Agora são três os universitários do grupo, Gi: o Índio Leo, que faz História em Manaus; Nahara, Administração; e o piloto, Veterinária. Estes últimos, no Paraná – contou Manu.

– Tio Paulo, eu queria perguntar uma coisa.

– Diga, Giovana.

– Em nossa viagem para Foz do Iguaçu, você nos contou um monte de coisas sobre aquela região. Falou sobre os bichos, sobre a vegetação da Mata Atlântica, sobre a Usina e o Lago de Itaipu.

– Sim, eu me lembro disso, Gigi.

– Bem, você lembra que, depois que passamos por aquele "aperto" dentro da caverna, logo na saída havia uma pintura nas paredes?

– Sim, pinturas rupestres, por quê?

– Como foi que os indígenas chegaram a Foz do Iguaçu?

– Então, veja bem. Vocês já estudaram na escola sobre a colonização do Brasil, certo? Viram que os jesuítas tiveram um papel muito importante, através das "missões", que era a forma de reunirem as aldeias para "ensinar" os "modos da civilização".

– Sim, pai, mas, sem saber disso, eles espalharam várias doenças dos "civilizados" entre indígenas, não é mesmo?

– Isso, Manu. Além disso, os colonizadores queriam que os indígenas andassem vestidos, e que aprendessem o latim.

– Latim, ou latido? – interrompeu Lipe. – Os jesuítas queriam que eles latissem como os cachorros, pai?

– Não, Lipe, o latim é uma língua que era usada nas missas e ensinada nas escolas até os tempos do seu bisavô. Os indígenas falavam inúmeras línguas nativas, dependendo de sua etnia. Nas missões, os jesuítas queriam que eles trabalhassem no cultivo da terra em turnos rígidos e de forma metódica.

– Ou seja – completou tia Marcela –, no fundo, no fundo, queriam mudar completamente a sua cultura e forma de viver.

– Aí eles fugiram?

– Alguns, sim, outros decidiram reagir. E, na luta entre o arco e flecha e os mosquetes[11], muitos índios foram mortos. Acho que eles podem ter chegado a Foz em uma fuga em massa de indígenas, que aconteceu por volta de 1630. Mais de 10.000 desceram por rios em barcos e balsas por mais de 300 quilômetros. E foram instalar o seu povo além das Cataratas do Iguaçu.

– Por que, pai?

– Fugindo da ameaça dos colonizadores da Capitania de São Vicente[12].

Em toda a nossa jornada, nós encontramos diversos amigos com a marca da pedra em cruz. Assim aconteceu com o Índio Leo, na Amazônia, com Naipi e Nahara, em Foz, com as gêmeas no Pantanal e, agora, com a Dadá, no Rio de Janeiro. Sinto como se todos nós tivéssemos os mesmos ancestrais, num passado distante.

– O tempo está virando – alertou papai –, acho que vai estragar nossos planos de passear de barco.

Logo depois que ele falou isso, eu tive a nítida impressão de ver um vulto na estrada, que parecia vestir o manto do meu amigo VT. Ele apontava para o nome de uma cidade em uma placa. Mas o carro passou tão rápido que não deu para ler o que estava escrito, ou mesmo ver o rosto por trás do capuz daquele vulto misterioso.

De repente,

KABRUM!

Começou a maior tempestade. O papai diminuiu a marcha e teve que ligar o limpador de para-brisas na maior velocidade. Mesmo assim, os vidros embaçaram.

---

[11] *Mosquetes eram armas de fogo, parecidas com espingardas, usadas naquela época.*

[12] *Que ficava em Piratininga, uma cidade do estado de São Paulo.*

Ao passar a manga do meu casaco no vidro, para poder enxergar o lado de fora, eu vi o VT mais uma vez. Parado, na chuva, e apontando para outra placa. Um relâmpago rasgou o céu. Um grande estrondo se ouviu. E o cheiro de chuva subiu do asfalto quente.

Desta vez eu consegui ler o nome da cidade que estava na placa: entramos nos limites de Angra dos Reis. O sinal da pedra em cruz começou a esquentar em minhas costas e eu pedi:

– Pai, podemos parar em Angra dos Reis? Eu não me sinto bem.

– Tá enjoada? Vai vomitar? Foi o tanto de biscoito que você comeu! – disse Lipe.

– Eu sabia que ia dar nisso, Giovana – reclamou minha mãe.

Preferi que todos pensassem que era enjoo, apesar de não ser. Eu não queria assustar ninguém. Podia não ser nada demais. Eu só sabia que devíamos parar.

8

a missão em perigo

Entramos em um posto de gasolina. Papai parou embaixo de uma marquise. Abrimos as janelas da van para entrar um pouco de ar e o meu sinal da pedra em cruz parou de vibrar. O papai saiu do carro. Ia comprar uma água mineral para mim.

– Alguém quer mais alguma coisa?

– Um joelho e três croquetes pra mim, tio – pediu Lipe.

– Não dê ouvidos, Ricardo. Ele só está brincando – disse tia Marcela.

A gente tinha parado em um posto à beira da estrada porque começou a chover muito, e eu tive a intuição, ao ver meu amigo VT pela segunda vez, de que deveríamos parar. Mas ainda não conseguia saber o porquê.

Pouco depois, vimos passar um carro dos bombeiros e duas radiopatrulhas em alta velocidade na direção de Angra dos Reis. Como meu pai estava demorando a voltar...

– Pessoal, vamos continuar nosso jogo? – sugeriu Manu. – Assim, a Gigi se distrai um pouco e o enjoo vai passar.

– Já está passando, amiga. Mas podemos jogar, sim. De quem é a vez?

– É sempre de quem pergunta. Você acertou a suçuarana, com a ajuda da Clarinha, lembra?

– Então... já pensei!

– Dá uma pista?

– Ok. Não é um mamífero.

– É uma ave? – Clara perguntou, e eu disse que não.

– É um anfíbio? – perguntou Lipe, que finalmente havia aprendido qual era a classe dos sapos.

– Não, Lipe, não é um anfíbio. Eu pensei em um bicho, de uma classe de animais da qual ainda não falamos.

– É um inseto? – Manu perguntou, animada! Só-que-não.

– Então eu já sei – disse Clara. – É um peixe, mas, Lipe, não chuta! Pensa um pouco antes de...

– É de água doce ou salgada?

– Boa pergunta, Lipe! Achei que você já ia chutar. É de água doce.

– A gente já comeu? – perguntou Manu, e eu disse que sim.

– A gente comeu na Amazônia, em Foz ou no Pantanal? – perguntou Clara.

– Foi no Pantanal, Clara. Lipe, é você, mas pensa bem, antes de falar uma boba...

– JACARÉ! – tarde demais. Ele já tinha aberto a boca e falado outra "batatada".

– NÃÃÃÃO, Lipe! Jacaré é um réptil, não é um peixe.

Bem, todos nós já tínhamos lembrado o peixe que comemos no Pantanal. O mais engraçado é que foi o próprio Lipe quem pescou aquele saboroso piau. Nós o comemos com batatas coradas no jantar daquela noite. Ainda guardo o cheiro e o sabor delicioso daquele peixe em minha memória.

– Lembra quando o Lipe comeu o arroz de pequi, Manu?

– Como eu poderia me esquecer – disse ela, caçoando do irmão. – O peixe é que morre pela boca, sabia, irmãozinho?

– Vocês caíram direitinho! – e deu uma estridente gargalhada. – Bastou eu fingir que estava me engasgando com o pequi daquele arroz, que por sinal estava uma delícia! E, já que estamos falando do Pantanal, eu quero dizer para vocês quem eu acho que é o VT.

– Ahaaa! Essa eu quero ouvir. Aposto que vem outra batatada.

– Deixe seu irmão falar, filha. Respeite a opinião dos outros. Fale, meu filho.

– Só não vai dizer que é o Velho do Rio! – brincou Clarinha.

– Como é que você adivinhou? – perguntou ele.

Todo mundo riu, mas ele permaneceu sério.

– Posso explicar? Eu acho que o Iorio[13] e o Velho do Rio são a mesma pessoa. – Ele disse isso, e fez todo mundo parar de caçoar e ficar pensativo.

– Agora que eu consegui a atenção de vocês, eu vou explicar melhor.

Ele fez uma pausa para tomar fôlego e, com ar de vitorioso, prosseguiu:

– O Iorio, de todos os que conhecemos, é de longe o mais corajoso. Não tem medo das onças, logo, poderia ter ajudado a Giovana quando ela foi atacada por Juma. Conversa e conhece tudo sobre os pássaros, logo, dependendo dos cristais que possua, ele até poderia

---

[13] *Iorio era o guia/motorista que nos acompanhou nos melhores passeios no Pantanal.*

se transformar em um gavião-real. Quem sabe ele está com o cristal da Clara? E também com o último cristal desaparecido?

Todos pararam para pensar no que ele havia falado, até que...

– E o que tem o Velho do Rio, nessa história toda? – perguntou Manu, descrente.

– O Velho do Rio pode ser o Iorio do futuro. Talvez ele não seja apenas uma lenda criada pelo autor daquela novela, Pantanal, mas realmente exista! Um guardião do bioma, que salva os turistas e os pescadores dos ataques da terrível sucuri – falou o meu amigo, com a entonação de um narrador de filme de terror.

– Mas, Lipe, o Iorio não tinha o sinal da pedra em cruz.

Aí todos concordaram, mas, quando achamos que tínhamos dado um xeque-mate na sua teoria, ele falou calmamente:

– Não tinha o sinal em um lugar visível. Ou que ele pudesse nos mostrar...

– Ai, que nojo! – falou Manu.

– Não pense bobagens, querida maninha. Ele pode estar com a marca da pedra em cruz embaixo daquela cabeleira enorme. Escondida pelo boné.

Não é que o Lipe podia ter razão? A teoria dele sobre a identidade do VT não era de todo impossível. Acontece que, se ele estiver certo, a gente não vai encontrar o cristal da Clarinha em Paraty. De alguma forma, o cristal teria chegado às mãos do Iorio.

– Então a nossa viagem será em vão? – perguntou Manu.

– Se eu estiver certo... – mas Lipe não conseguiu terminar a frase, porque o meu pai estava chegando com duas garrafas de água, uma sacolinha na mão e a cara de quem tinha visto um fantasma.

– Demorou muito, Ricardo, o que houve? – perguntou minha mãe.

– Vocês não vão acreditar no que aconteceu!

– Anda pai, fala logo, o que houve?

O papai então nos contou que, poucos quilômetros adiante, uma grande rocha se desprendeu e rolou da encosta. Por sorte, não atingiu carro algum, mas deixou muita terra e pedras pequenas espalhadas pela pista.

– Ainda bem que paramos aqui! – disse tio Paulo.

– Seu enjoo foi providencial, filha. A gente podia ter sido arrastado por este desbarrancamento – disse tia Marcela, muito assustada.

– Tome, Lipe, tem dois joelhos aí dentro. Um para você e outro para a Manu. A Giovana vai beber água para passar o enjoo. Eu vou voltar para o bar. Estou acompanhando as notícias sobre a limpeza da pista, na TV. Volto já.

Quando o papai saiu e nós o vimos entrar no bar, eu contei para todo mundo que estava tranquila. Eu sabia que conseguiríamos passar. Falei que tinha visto o VT mais atrás na estrada, e que ele estava conosco nesta viagem.

– Estou certa de que o cristal da Clarinha está em Paraty. Eu não estava enjoada. Apenas disse aquilo porque senti no meu coração que era preciso parar nesta cidade, antes de seguir viagem.

Ouvindo isso, a Manu e o Lipe pegaram seus salgados e os partiram ao meio para me oferecer um pedaço. Confesso que aceitei. Eu estava morrendo de fome. Dividimos a água e o lanche.

Sei que não era para a gente estar na estrada quando as pedras rolaram. A gente tinha parado ali para ficar fora de perigo. Para conversarmos sobre a nossa aventura e nos prepararmos para o que pudesse surgir adiante.

– Giovana – minha tia chamou –, quero te perguntar uma coisa: só você ainda não nos contou: quem você acha que é o Viajante do Tempo?

9

a busca pelo quarto cristal se inicia

Mais cedo, enquanto esperávamos a pista ser liberada para seguirmos viagem, eu deixei de responder à pergunta da minha tia. Todos queriam saber quem eu achava que era o VT. Acontece que, olhando para as características de cada um dos suspeitos – o pajé, o Índio Leo e o Iorio –, eu chegava a uma quarta possibilidade. Uma única pessoa, que tem um pouco de cada um deles.

Como ainda não tenho certeza, eu deixei de revelar minhas suspeitas naquele momento. Pretendo conversar com a minha irmã, antes de qualquer coisa.

Pouco mais de uma hora até chegarmos ao nosso destino, o papai propôs:

– Gente, com tantos imprevistos na estrada, chegaremos muito tarde a Paraty. O que acham de irmos direto para a cidade jantar, e depois seguir para a pousada?

– Boa ideia, tio! Se eu já estou morrendo de fome agora, imagina como estarei daqui a uma hora?!?!

E foi isso o que aconteceu. Uma hora depois estávamos à mesa de uma *trattoria*[14] muito bonitinha, com toalhas quadriculadas de verde e vermelho sobre mesas de madeira clara. O teto estava repleto de bandeirolas de diversos países, e a terceira cestinha de pães quentinhos acabava de ser devorada por mim e pelo Lipe.

– Nossa, meninos! Parece que vocês não comem há dias! – disse tia Marcela.

Aí, a Manu aproveitou para implicar:

– Eu tenho até vergonha, mãe. Nem digo pra ninguém que ele é meu irmão. Parece o diabo-da-tasmânia[15], girando em torno da comida como um minifuracão!

Ele nem se abalou. Mas eu parti em sua defesa!

– Sabe o que é, tia? A fome é grande e o cheirinho da muçarela com orégano, que vem da cozinha, está torturando a gente! – e apontei para o corredor que levava à cozinha.

Por sorte, o garçom saiu de lá com as três formas de pizza "extragrandes" que havíamos pedido: manjericão, calabresa com cebolas – a minha favorita – e a de champignon – a preferida da mamãe e da tia Marcela.

Sabe aquela pizza que dá vontade de comer com os olhos, de tão bonita? Era assim que elas estavam: borda crocante, queijo borbulhando e calabresas no ponto: nem torradas, nem cruas.

---

[14] Um restaurante tipicamente italiano que serve basicamente pizzas e massas gostosas.

[14] Você conhece um desenho animado com esse personagem, também chamado Taz? O curioso é que esse desenho foi inspirado em um bicho de verdade, que vive na Austrália. Parece um urso miúdo, tem um nome esquisito e, infelizmente, está ameaçado de extinção.

– Lipe, enxuga a baba! – disse Manu. – Você vai manchar a camisa, hehehe.

Não demorou muito e estávamos satisfeitos... de salgado.

– Mãe, pai, podemos pedir sobremesa? – perguntamos juntos eu e Lipe, ainda engolindo a última fatia.

– Modos e educação, Giovana! Acabe de comer primeiro – disse o papai.

– Hoje é um dia daqueles em que eu queria ter dois estômagos – declarou Lipe.

– Hahaha, como assim, meu filho? – perguntou tia Marcela.

– Ué, a gente tem dois rins, dois pulmões, dois ouvidos, dois fígados...

– Opa, opa! Pera um pouquinho – interrompeu tio Paulo –, se você está com dois fígados, você está doente! Todos à mesa só têm um, hahaha!

– Que seja, pai. Hoje eu queria ter dois estômagos para começar a comer outra vez.

– Benza Deus! – disse minha mãe.

Conta paga, nós saímos para passear. Mamãe nos convenceu a caminhar um pouco pela cidade, para digerir toda aquela comida antes de irmos para a pousada. Talvez comêssemos um docinho, antes de dormir. Havia várias barraquinhas de guloseimas e diversas sorveterias espalhadas pelas ruas por onde andamos.

Apesar de ser noite, a cidade estava muito bem iluminada. E era linda! Ruas estreitas, casinhas de um ou dois andares no máximo. Os telhados feitos com telhas de barro, em forma de cunha.

As paredes das casas são branquinhas, e as cores das portas e janelas se destacam por estarem pintadas com cores fortes e vibrantes.

Azul, verde, amarelo, laranja... Eu estava distraída olhando para cima, quando:

– Ai! Quase caí, pai.

– Preste atenção por onde anda, Gi.

– Poxa! Essas pedras da calçada são cheias de pontas. É difícil caminhar!

– Não dá para jogar um pouco de asfalto em cima, tio? – sugeriu Lipe.

– Não dá, pessoal. Trata-se de uma característica de Paraty. O calçamento "pé de moleque"[16].

– Preferia que fosse o calçamento "Michael Jordan". Lisinho igual às quadras de basquete onde ele jogou.

– Lipe, tome cuidado ao caminhar. Pense na importância histórica deste lugar. Por aqui inúmeros escravizados – negros, quilombolas e indígenas – se viram forçados a trabalhar, por dois importantes ciclos econômicos do Brasil.

– Um deles eu sei qual foi, pai! – disse Manu.

– Tinha que ser essa exibida! De novo você, não é mesmo, maninha?

– Deixa a sua irmã falar, Lipe.

– O ciclo do ouro.

– Isso mesmo, filha. No século XVII, o percurso de Ouro Preto até aqui durava quase 60 dias. Era feito no lombo de burros e cavalos, que traziam o ouro até este porto. O percurso utilizado ficou conhecido como o "Caminho do Ouro". Uma estrada construída por trabalhadores escravizados, a partir das trilhas originais que foram abertas pelos povos Guaianazes. Daqui o ouro seguia viagem para Portugal.

---

[16] *Embora o meu amigo Lipe não tenha gostado, o calçamento "pé de moleque" é uma das riquezas arquitetônicas do local. Data do século XVII e é uma das razões por que Paraty mereceu o título de Patrimônio Cultural Mundial da Unesco.*

O papo do meu tio estava meio chato e eu estava com sede. A gente caminhava e tropeçava nas pedregosas ruas de Paraty quando uma sacada me chamou atenção.

– Pai, vamos entrar naquela casa de sucos? Estou com sede.

– Eu estava pensando exatamente nisso, Gigi, quando olhei para aqueles abacaxis presos na varanda – disse Lipe.

Tio Paulo achou graça e aproveitou para contar outra novidade.

– Aquela não é uma casa de sucos – disse apontando para o abacaxi. – Aquela fruta é de cerâmica. Um símbolo de riqueza e elevada posição social da família que morava ali, no passado.

Foi então que eu vi! Vi, passando por mim, a menininha indígena do meu sonho. Aquele sonho de antes de iniciar a viagem. Não tive dúvidas do que fazer. Eu precisava segui-la de perto...

10

uma pista preciosa

Corri em direção à menininha, sem perceber que todos gritavam meu nome, pois queriam saber o que eu tinha visto. Atravessei a praça em diagonal, espantando os pombos como se fossem moscas, me desviando das carrocinhas de pipoca e de churros.

O cheiro daquelas gostosuras estava arrasador, mas eu não podia desviar os olhos da menininha. Saia branca e rendada, camisa de tecido azul, cabelos longos e negros feito carvão. Apesar das pernas curtas, ela andava sobre as pedras pontudas do pé de moleque como se estivesse usando patins em pista de *skate*.

O vento batia em meu rosto, jogando o cabelo sobre meus olhos. Mesmo assim, eu segui em frente, sem me importar, até virar em uma rua na lateral da igreja. Ao chegar no terceiro cruzamento, vi a menininha tomar a rua à esquerda. Corri para alcançá-la! Gritei por ela, mas ela não parou. Na frente das lojas, os turistas me olhavam assustados.

Cheguei ao cruzamento seguinte, bem a tempo de vê-la virar no final da rua à esquerda. Andei mais rápido, tropecei, caí no chão e me levantei. Mas, ao chegar à rua em que ela havia entrado, ela tinha desaparecido!

Segui poucos metros adiante, sem saber onde procurá-la, até que senti um cheiro de incenso que me fez suspeitar da presença do VT. Ele tinha que estar ali.

Olhei para dentro da loja que estava ao meu lado e vi um lindo cocar preso na parede dos fundos. Aquele ornamento tinha penas de diferentes cores. No centro, predominavam o vermelho e preto. Nas pontas, as penas eram verdes e pretas. Sem dar por mim, eu entrei na loja. Era uma loja que vendia peças de arte indígena.

– Posso ajudar? – perguntou um vendedor.

– Não, moço, obrigada, estou só dando uma olhadinha.

– Então fique à vontade. Todas as peças são originais e foram feitas por indígenas de todo o Brasil.

Acima das peças em exposição havia algumas fotos velhas, em preto e branco, e uma placa que indicava o povo que as produziu. Também mostrava a localização daquele povo no mapa do Brasil. Fornecia informações sobre a quantidade de indígenas, a língua nativa e suas principais características.

Eu estava curtindo ver um monte de cestos de vime, bancos de madeira entalhada, tigelas e peças de cerâmica, até me deparar com umas máscaras *sinistras*! Quando estiquei o braço para tocar nas fibras penduradas abaixo de uma delas, eu senti um peso enorme se debruçar sobre o meu ombro direito.

– Não pode tocar na máscara, mocinha! – disse outro vendedor. Um homem alto e barbudo, com o rosto vermelho e cheio de rugas, nada simpático, que estava parado bem atrás de mim.

– Desculpe, moço, não era minha intenção estragar nada. Só queria sentir na minha mão. – Mas, enquanto eu tentava me explicar para o vendedor, fui surpreendida, mais uma vez, por aquele cheiro estranho.

– Moço, que cheiro é esse? O senhor está sentindo?

– Sim, claro. Este é o cheiro do urucum – ele disse isso e abriu um tubo grosso de bambu, que estava em uma estante ao lado das máscaras.

Em seu interior, uma pasta vermelha tinha um cheiro igual ao do meu amigo VT.

– Os indígenas utilizam essa pasta para fazer desenhos em seus corpos, na cor vermelha – explicou. – Às vezes, misturam com uma pasta de argila, carvão ou jenipapo[17].

Claro! Este é o cheiro da pintura dele. Por isso percebo quando ele chega perto de mim, em nossas viagens no tempo.

Eu continuei a olhar pela loja, seguida de perto por aquele vendedor antipático. De repente, alguém derrubou uma mesa cheia de colheres, garfos e conchas de madeira no chão. Foi a maior barulheira dentro da loja – e adivinhem quem tinha acabado de entrar?

– Achei ela, pessoal, achei a Giovana! – Lipe gritou para toda Paraty escutar, em meio a um emaranhado de artefatos espalhados pelo chão.

O vendedor queria arrancar a calça do Lipe pela cabeça, mas a tia Marcela logo pegou uns colares de miçangas e disse que iria comprar. Com isso, ela aplacou a ira do vendedor, que estava de quatro, juntando as peças que o Lipe deixou cair no chão.

---

[17] *O líquido extraído do jenipapo, ainda verde, em contato com a pele, se transforma em tinta preta, que é bastante usada nas pinturas indígenas.*

– Quer matar a gente do coração?! – gritou a mamãe. – Não faça mais isso, Giovana! Colocou o grupo todo para correr atrás de você, por toda a cidade!

Eu expliquei para mamãe que eu estava seguindo uma pista importante, que tinha me atraído até aquele lugar. Contei a ela do meu sonho e da menininha que encontrei na rua. Sem que eu percebesse, Manu e Clara estavam passeando pela loja e encontraram algo surpreendente.

– Gigi, corre aqui! – pediu Manu. – Olha o que a gente achou!

Elas estavam paradas em outra ala daquela lojinha. Em meio a muito artesanato e fotografias das aldeias locais, uma delas chamava atenção.

– O que foi, Manu, o que vocês acharam nessas fotografias?

– Olha aqui, Gi, veja se você reconhece alguém nessa foto – disse Clarinha.

– Não... não pode ser. Vocês acham que isso é possível? Moço, moço! – Chamei o vendedor em um tom de voz que fez os pombos da praça baterem asas, desesperados. – Em que lugar do Brasil fica essa aldeia?

Eu estava tão empolgada com aquela descoberta que nem me lembrei da placa de identificação dos povos, acima daqueles artesanatos e fotografias. Ele apenas apontou para a placa. A aldeia daquela foto era uma das três que estavam assentadas em Paraty.

***

Mais tarde, na pousada, eu estava deitada em minha cama, no quarto que dividia com a minha irmã. Estava exausta. Muita adrenalina! Muitas descobertas! A cabeça estava girando e eu precisava conversar. Ainda bem que ela estava ali, comigo.

– O que foi, Gigi, o que está te incomodando? Me conta.

– Que bom que você perguntou, *imã*. Sabe o que é, eu estou muito feliz que todo mundo concordou em deixar o passeio de barco para domingo, para a gente ir logo visitar aquela aldeia da foto pela manhã.

– Claro que a gente topou, Gi. Nós também estamos aqui pela busca dos cristais. Pela aldeia misteriosa da Amazônia. Não fazia o menor sentido "deixar essa pista esfriar", como disse o papai, lá na lojinha.

– Então, eu acho que é ele.

– É ele o quê, Gi? Não estou te entendendo.

– Eu acho que o papai é o Viajante do Tempo.

– Como assim?!?!

11

uma visita surpreendente

Na noite anterior, quando eu contei para a Clarinha que achava que o papai era o VT, ela me olhou muito surpresa. Franziu a testa, até ficar *enrugadinha*, e fechou o olho esquerdo, pensativa.

Percebi que a minha revelação tinha deixado-a com a pulga atrás da orelha.

Eu tentei explicar para ela o meu ponto de vista. Que, para mim, o papai é tão ou mais sábio que o pajé, tão ou mais corajoso que o Iorio e tão ou mais interessado em nos ajudar a localizar os cristais do que o próprio Índio Leo.

Papai sempre se antecipou às coisas para eu não ter que aprender com meus próprios erros. Sempre esteve disposto a me mostrar as coisas em vez de simplesmente ensinar. Ele não abre meus livros da escola para tirar minhas dúvidas ou me mostra as fotos dos lugares. O papai leva a gente até os lugares. Ele mostra, em vez de contar.

– Mas, Gi, ele não tem os cristais – disse a Clarinha.

– Mas a vovó deu para ele entregar para a gente, lembra? Ele pode ter usado para viajar ao futuro, mesmo antes de a gente nascer...

– Mas ele não tem a imagem do cristal tatuado no corpo!

– Pode estar escondida embaixo dos cabelos, como disse o Lipe quando sugeriu que o Iorio fosse o VT, lembra?

– E por que ele teria todo esse trabalho para a gente conhecer estes lugares?

– Acho que ele queria que a gente visse como o homem está degradando a natureza e acabando com as reservas naturais. Ele deve ter achado que não bastava contar para a gente. Ele quis nos mostrar! Para que a gente enxergasse com nossos próprios olhos.

– Tudo bem, Gi, vamos supor que você tenha razão. O que o papai espera que a gente faça diante disso?

Aquela pergunta eu não soube responder. Acho que ainda há coisas que preciso descobrir. Que ainda não sei explicar. Mas a viagem ainda não havia terminado. Fomos dormir sem ter uma resposta.

***

No dia seguinte, a gente estava numa pequena van para turistas, a caminho daquela aldeia da foto antiga que vimos na lojinha[18]. Se estivéssemos certos, daríamos mais um passo para desvendar esse mistério.

Assim que a van parou, o Lipe abriu a porta do seu lado, tropeçou e caiu no chão.

– Lipe, seu afobado! Não dava para esperar o seu tio abrir a porta do carro? Tinha que tirar o cinto antes da hora? – gritou a tia Marcela.

– Não tema, mãezinha, com o Lipe não há problema!

– Até a hora que você se machucar, e a gente tiver que voltar pra casa...

---

[18] As Terras Indígenas Araponga e Parati-Mirim, localizadas no município de Paraty, resistem às modernidades da civilização e conseguem manter a forma de ser Guarani no seu cotidiano.

– Me dá uma chance, Manu! Vê se larga do meu pé, só um pouquinho, tá?

– Chega, gente, parou com isso! – disse tio Paulo. – Vamos aproveitar o passeio e conhecer um pouco como vivem estes aldeões.

Todos mais calmos, depois daquele breve puxão de orelhas, nosso grupo foi recebido por um senhor de cabelos longos e branquinhos. O rosto todo riscadinho pelas marcas do tempo, com linhas tão profundas como o leito seco de rios. A pele queimada de sol, as mãos enrugadas, olhos pequenos como caroços de azeitona. Ele os mantinha quase fechados, como se estivesse buscando o foco das coisas, o tempo todo.

– O senhor entende bem a nossa língua? – perguntou tio Paulo ao ancião.

– Sim. Falo e entendo a língua do homem branco. Mas aqui na aldeia, entre nós, decidimos falar apenas a língua nativa. Uma forma de manter viva a nossa cultura.

Ele nos levou em uma espécie de *tour* pela aldeia, sempre buscando o melhor caminho entre as casinhas, que eram bem simples. Algumas até sem pintura.

– Algumas de nossas casas ainda são de pau a pique[19]. Com a proximidade da cidade, já existem na aldeia casas de madeira e tijolos, como vocês verão mais adiante.

Fiquei de orelha em pé quando ele disse ao meu pai que era o mais velho e o cacique daquela aldeia. Agora o que mais me despertou o interesse foi quando ele disse que tinha nascido em Foz do Iguaçu, no Paraná.

Como será que ele chegou até aqui? Será que ele trouxe a Potyra com ele?

---

[19] A construção de casas de pau a pique é feita entrelaçando pedaços de bambu e cipós. Depois de montada a estrutura, o miolo é preenchido com saibro. Essas casas geralmente são construídas perto de onde o solo é propício à plantação e a água é abundante.

– Ainda jovem, algumas famílias de indígenas que viviam em Foz partiram de lá rumo à terra prometida. Eu estava entre eles. Saímos em busca de nossos antepassados. Esperávamos alcançar o paraíso prometido. A terra sem mal. Chegamos aqui, nessa região, ainda selvagem. Por isso decidimos montar nossa aldeia. Mas sabemos que nossa busca pela terra prometida ainda não terminou.

Ele contou que o povo daquela aldeia dedica boa parte do dia à agricultura. Que, nas suas terras, eles cultivam o milho, o feijão e, principalmente, a mandioca. Eu ainda não tinha conseguido explicar a ele a razão da nossa visita. Esperava uma oportunidade de contar que a gente foi ali para procurar a pessoa da foto. Até que o grupo se dispersou.

A mamãe e tia Marcela ficaram encantadas com o artesanato daquelas supertalentosas indígenas. Enquanto o Lipe, papai e tio Paulo foram acompanhar uma pequena demonstração de arco e flecha, Manu e Clarinha e eu combinamos de sair pela aldeia mostrando a imagem que fotografamos na loja com nossos celulares, para tentar encontrar quem fomos buscar.

Sem que percebêssemos, cada uma seguiu em uma direção.

Passeando curiosa entre as casas e um riozinho que percorria o entorno da aldeia, eu fui puxar conversa com uma anciã, que descascava uma grossa raiz de mandioca, à beira do córrego.

Ela era uma linda senhorinha, que parecia ser pouco mais nova que o cacique. Também tinha cabelos brancos, olhos pequenos, mas a sua pele não era curtida pelo sol, como a do cacique que conhecemos e que nos recebera mais cedo.

Ela foi supersimpática ao me oferecer uma pedra dura para me sentar. Por isso, eu fiquei um bom tempo ao seu lado, admirando as suas ágeis mãozinhas descascando aquela raiz.

– Você sabe o que estou descascando, *Yby*?

Quando ela me olhou eu tomei um susto! Ela tinha um olho de cada cor. Um verde e outro castanho, iguais aos do Iorio e da anciã que encontrei no Buraco do Macaco, em Bonito. Eu me arrepiei toda! Nada é por acaso, eu pensei.

– Me chamo Giovana, vozinha, mas pode me chamar de Gigi. É como os amigos me chamam.

– Eu sei disso, *Ybytatá*. E você? Sabe a história dessa raiz que estou descascando?

– A mandioca? Nunca ouvi falar de história alguma sobre a mandioca.

– Pois eu vou te contar como foi que esta raiz se tornou um dos alimentos mais importantes para todos os povos indígenas do Brasil.

12

o lindo encontro com Mani

Aquela senhorinha me contou que, há muitos e muitos anos, existiu uma indiazinha, de nome Mani, que morava com a mãe em uma aldeia no Pantanal. Cabelos e olhos negros, de pele muito branquinha, Mani chamava atenção pela sua alegria e cuidados que tinha com os aldeões.

Todos os dias, as duas saíam juntas e penetravam a floresta em busca de frutas e sementes. Apesar das dificuldades, as duas eram muito unidas, e a felicidade com que saíam para buscar alimento contagiava toda a aldeia. Bondosa e generosa, Mani sempre fazia questão de distribuir aos mais velhos, ou àqueles que passassem fome, um pouco do que trazia para si e sua mãe.

Por isso, foi com muita tristeza que, certa manhã, a aldeia recebeu uma notícia inesperada, que surpreendeu a todos.

Sem causa aparente, Mani não despertou naquele dia.

Tomada por profunda tristeza, sua mãe a enterrou no chão da sua oca. Por várias e várias noites, as lágrimas dela irrigaram aquele chão.

Até que um dia ela notou que o solo estava se rachando.

A mãe de Mani cavou no local com urgência! Acreditava que pudesse encontrar ali a sua filha, ainda com vida, e tirá-la de lá!

Mas em seu lugar, a senhorinha contou, ela só encontrou uma raiz. Uma grossa raiz que, ao ser descascada, se mostrou branquinha como a pele de Mani.

Nesse ponto, *euzinha* já estava soluçando de tanto chorar. Mas a *senhorinha* ainda não tinha terminado a história.

Ela contou que, por ter nascido dentro da oca onde estava a sua filha, a sua mãe decidiu dar o nome para aquela raiz de "a casa de Mani", ou, a Mani-oca.

Desde então, a mandioca se transformou em um dos principais alimentos daquela aldeia e dali passou a ser conhecida por diversos povos indígenas do nosso país.

– Junto ao peixe e ao milho, que é o nosso alimento dourado, a mandioca branquinha é uma das principais fontes de alimento para o nosso povo.

– Puxa!, vozinha, então..., então a menininha morreu?

– Não, *Yby*. Mani está viva até hoje, em meio de nós. Eu, você e cada um que está neste planeta veio para cumprir uma missão. Aquela Mani concluiu a missão que lhe foi dada ao se transformar em um rico alimento para os povos indígenas.

Será que essa vozinha conhece a minha missão? – eu pensei.

– Eu e você também temos nossas missões. Talvez por isso eu esteja aqui hoje.

A senhorinha continuou falando como se tivesse lido meu pensamento. Sinistro!

– Nos encontramos para eu poder te contar um pouco do que me foi passado pelos ancestrais, e ajudar você a completar sua missão, *Ybytatá*.

– Que nome é esse que a senhora está me chamando? Esse não é o meu nome.

– Giovana é seu nome de batismo. O nome que os homens brancos te deram. No meu povo, os nomes só são dados depois de algum tempo, pelo pajé.

Ela soltou a mandioca sobre uma folha de bananeira e levantou-se. Pegou a bainha da saia branca que estava usando e amarrou-a no cinto, de pano vermelho e amarelo, que estava ao redor de sua cintura. Depois, caminhou até colocar os pés descalços nas águas cristalinas do córrego. Virou-se para mim, sorriu e estendeu suas mãos calejadas.

– Tire as sandálias, *Ybytatá*. Venha até aqui e me dê suas mãos. Não tenha medo.

Ela apenas olhou para mim e sorriu. Um vento soprou neste momento e um forte cheiro de terra molhada chegou até mim.

– Vem comigo – ela disse.

Eu não senti medo algum. Ela tomou as minhas mãos entre as suas, e eu senti a pedra em cruz vibrar às minhas costas. A energia do meu corpo fluía em direção ao dela e retornava, após contornar o corpo da senhorinha. Eu a segui alguns passos dentro do córrego. Até que ela se virou para mim e pediu:

– Feche os olhos. Agora, invoque a força dos elementos. Eu seguirei com você.

De olhos fechados, senti que a minha audição e olfato ficaram ainda mais aguçados. Aí ela me perguntou:

– O que você ouve, *Yby*?

– Eu ouço o vento e o canto dos pássaros. Muitos pássaros. Espere um pouco! Senti um ventinho passar pertinho do meu ouvido. Era um passarinho?

– Pode abrir os olhos e veja você mesma.

A gente não estava mais naquela aldeia. A gente estava em um lugar maravilhoso! O mesmo que eu vislumbrei quando fiquei submersa depois de ter sido jogada nas corredeiras pela força da cachoeira, em Foz do Iguaçu[20].

A mata fechada era de um verde escuro e de cheiro intenso. Árvores gigantes atrás de nós, que, de tão grandes, não dava para ver as copas. Araras, tucanos e gaviões batendo suas asas em trajetória circular, cruzando um grande vale à nossa frente, num balé de cores refletidas pelo sol.

Pouco adiante havia um grande lago verde-esmeralda, alimentado por mais de um córrego, que ali derramavam suas águas claras. Dentro desse lago, via-se uma infinidade de vitórias-régias, grandes como a lua cheia, e, ao seu redor, felinos e aves saciavam a sede. Sem pressa alguma. Um gavião-real tirou um rasante sobre nossas cabeças e pousou adiante. Parecia nos observar. "Seria o meu amigo VT?", pensei.

– *Votutoró, Yby.* Este é *Votutoró.* Venha comigo – disse a senhorinha.

E eu a segui. Caminhamos por uma trilha na floresta de árvores gigantes, envolvidas pelo cheiro daquele verde esquecido, colorido pela luz inclinada que vencia a copa das árvores.

Avistamos uma família de micos-leões-dourados, que eu só tinha visto em livros. Eles estão na lista de animais em extinção, assim

[20] *Só não vá me dizer, agora, que você não leu sobre minha aventura em Foz! Me poupe, hein?!*

como o gavião-real. Havia muitas araras de diferentes tons de verde, uma jiboia enrolada num galho, um bicho-preguiça carregando um filhote em seu colo e muitas, muitas borboletas. As maiores e mais coloridas que eu já vi.

Eu estava olhando passar por mim uma borboleta com diferentes tons de vermelho, laranja, azul e roxo quando quase bateu em meu rosto uma toda amarela. Tinha a cauda comprida, parecendo a rabiola de uma pipa. Quatro bolas roxas, sendo duas nas asas grandes e duas nas pequenas, na parte de baixo. Parecia uma arraia voadora, de tão grande e bonita!

– Elas vivem na copa das árvores e nessa forração de folhas que cobre o chão, perto dos troncos – explicou a senhorinha. – Mas onde as árvores são cortadas, as copas morrem, suas folhas secam, a forração não se forma e, com isso, as borboletas partem.

A vozinha me fazia pensar. Afinal, que lugar era aquele? Tão lindo, tão cheio de animais vivendo em harmonia.

– Esta é uma aldeia isolada na Amazônia, *Ybytatá*, a Aldeia da Vida. Povos indígenas vivem aqui desde muito antes de os portugueses chegarem. Desde muito antes de começarem a demarcar as terras. Um Brasil tão grande, mas com tão pouca terra para nossa gente. Aqui, preservamos nossa cultura e as sementes para o amanhã.

"*Caraca*, ela está lendo minha mente! Que sinistro."

– Como é que a gente chegou aqui, vozinha?

– Não se assuste, *Yby*. Viemos até aqui pela energia do elemento água. As águas do planeta estão todas conectadas. Seja sobre o solo, embaixo da terra ou pelo ar. Os guardiões se transportam por este elemento há milhares de anos.

"Então, aqui, são todos guardiões?"

– Sim, guardiões do planeta. Como você. Aqui nós vivemos como nossos ancestrais viviam. Antes da chegada dos colonizadores e das epidemias trazidas por eles. Em amizade com outros povos que tentam sobreviver, assim como nós, mas que também sabem guerrear com os inimigos, quando é necessário.

– Mas a civilização tem coisas boas, vozinha. Hospitais, escolas, remédios...

– O homem da cidade quer que o indígena viva como ele. Acha que a gente tem que imitar tudo do jeito que ele faz. Mas nós não somos como ele. Nossa cultura é diferente. Não existe modo certo ou errado de se viver. Você talvez não gostasse de viver de acordo com a nossa cultura e forma de viver. Eu respeito isso. E você? Respeita que eu diga não gostar de viver em sua cidade?

– Mas, vozinha, na cidade ninguém precisa caçar ou plantar para comer.

– Também tem carros e chaminés que jogam sujeira no ar e aquecem o planeta. Se o indígena for morar nas cidades, o homem "civilizado" vai acabar com as florestas. Vai estragar os rios para buscar ouro e outros metais. Sem os rios de águas claras não teremos o que beber, nem onde pescar para nos alimentar. Acabará com a caça e com as grandes árvores que limpam o ar, que o homem polui. Aí, todos nós, indígenas, brancos, negros ou qualquer outro, passaremos fome e sede. Nós, indígenas, temos, e podemos, ensinar muita coisa ao homem "civilizado". Ensinar a viver melhor é uma delas. Mesmo que ele esteja vivendo em um lugar pior.

Foi então que eu tomei um baita susto!

13

um passeio pela Aldeia da Vida

Eu estava *pirando* com tudo o que a vozinha estava me falando. Preocupada, eu pensava em uma forma de preservar toda aquela beleza escondida.

A gente tinha parado para descansar um pouco. Nós estávamos sentadas em uma pedra grande e larga, que se apoiava em uma outra, ainda maior, às nossas costas. Aí, eu escutei um galope se aproximando por trás da pedra e, de repente... Uma grande onça-pintada saltou por cima de nós, jogando terra e folhas secas sobre nossas cabeças! Quando eu disse que ela era grande, na verdade, queria dizer E-NOR-ME!

Aquela onça-pintada tinha o tamanho de um homem em pé, só que apoiada sobre as quatro patas! E ainda trazia uma moça montada em suas costas!

– Vozinha, *cof, cof*, não seria melhor a gente começar a correr?

– Não tenha medo, *Yby* – e ela disse isso sem nenhuma ruga de preocupação.

Aquele gigante felino pousou com as quatro patas no chão, virou-se para onde a gente estava sentada e caminhou lenta e *reboladamente* até eu quase poder sentir os seus bigodes e o seu bafo quente no meu rosto! As presas dele se ergueram e ficaram à mostra. Cada dentão que mais parecia com um tigre-dentes-de-sabre.

A onça deu um longo, alto e ruidoso grunhido. Parecia curiosa. Depois disso, me cheirou. Virou a cabeça e fitou a vozinha, como se estivessem conversando, tipo "posso comer essa menina, vovozinha?".

Enquanto elas não se decidiam sobre o meu destino, eu desviei o olhar para a mulher que estava sobre a onça-pintada. Ela usava só uma tanga e tinha no pescoço um colar de miçangas vermelhas, pretas e amarelas, formando o rosto de uma onça-pintada que caía sobre seu peito. O braço direito dela trazia penas de araras e papagaios, nas cores verde, vermelho e azul, presas por uma braçadeira de miçanga igual ao colar.

Atrás daquela guerreira eu pude ver um grande arco, e flechas guardadas num cesto de vime. Com uma das mãos ela segurava uma corrente de ferro que circulava o pescoço da onça gigante, como se fosse uma coleira. Na outra mão, ela trazia uma lança afiada, que reluzia contra o sol.

Eu não consegui despregar os meus olhos dela. A moça era alta e magrinha, de boca pequena e vermelha. Seu rosto estava coberto de tintura vermelha e preta. Dava para sentir no ar da floresta o cheiro forte do urucum. Os cabelos eram negros, compridos e estavam amarrados em rabo de cavalo. Seus olhos eram verdes, da cor da floresta. Ela estava uma fera, que nem a onça-pintada.

Depois de se encararem por algum tempo, a vozinha levantou a mão e o felino baixou a cabeça para receber um cafuné. Confesso que eu não me animei a fazer carinho no bicho, mas depois disso a mulher e a pintada fizeram reverência para a senhorinha e para mim!

Viraram de costas, e de um salto já iam longe.

– Que susto, vozinha. Achei que a gente ia virar ração de gato. É impressão minha ou a onça falou com a senhora?

– Aqui todos sabemos ouvir a voz dos animais, das plantas e dos elementos da natureza, *Yby*. A jiboia tem um assobio que é só dela. O tatu tem sua própria forma de falar, que é diferente do macaco bugio ou da suçuarana. Os peixes falam por bolinhas. Mas tem palavras que só a onça-pintada sabe dizer.

– Eu não achei que aquelas duas fossem amigas quando saltaram por cima de nós.

– Elas guardam este lugar de seus inimigos. Lutam com a força de mais de dez homens, para impedir a entrada de invasores. Têm a proteção dos deuses da mata, dos rios e do ar. Já foram em maior número, mas as doenças da civilização as têm dizimado.

– Espero que ela tenha gostado do meu cheiro.

– Elas ainda não a conheciam, *Yby*. A partir de agora, não irão estranhar a sua presença na Aldeia da Vida.

Levantamos da pedra e retomamos o caminhar, por entre um bailado de polens, plumas e borboletas. Sentia o perfume da floresta virgem, ao som das aves e no ritmo do nosso respirar, por entre árvores e recantos escondidos naquela floresta encantada.

– Você sente o ar fresco entrando por suas narinas, *Yby*?

– Sim, vozinha – eu já tinha desistido de explicar a ela que Giovana é meu nome.

– Sente o ar quente saindo de seu peito? – Eu fiz que sim com a cabeça. – Pois isso que você está sentindo é o sopro da vida, que não percebemos no dia a dia na cidade. Você precisa parar e sentir o sopro da vida que corre em você. Como correm as águas do rio, em direção ao oceano, também a vida corre em direção ao todo.

Nós caminhamos em uma trilha por entre troncos e raízes, iluminada por raios de sol que conseguiam vencer a cobertura formada pela copa de árvores gigantes. Pouco tempo se passou até que surgiram à nossa frente duas áreas bem "separadinhas". A primeira delas era toda amarelada e refletia os raios de sol.

– O que é tudo aquilo amarelinho ali embaixo, vozinha?

– Milho, *Yby*, nosso oásis dourado. Importante alimento para a nossa aldeia.

Ao seu lado, a outra área estava cercada com bambus e folhas de palmeira. As trilhas, dentro daquele espaço, pareciam raios do pneu de uma bicicleta. Repleto de pequenos canteiros, bem tratados e limpos. Havia muitos indígenas trabalhando no que parecia ser uma horta.

No centro, uma grande oca guardava parte do que ali era colhido.

– Você está com fome, *Yby*?

– A senhora leu o meu pensamento, não é mesmo? – Ela apenas sorriu.

Provei inúmeras frutas que não sabia que existiam. Os buritis, roxinhos por fora e amarelos por dentro, estavam docinhos e saborosos. Os araçás, parecidos com a goiaba que a gente conhece, ainda não estavam maduros. Percebi isso na primeira mordida. E o bacupari eu não consegui comer, de tão azedo, apesar de maduro. Pior que limão. Mas, no fim, eu matei a minha fome.

– Além de nos alimentar, *Yby*, as frutas e as sementes são remédios para o corpo. O buriti, que você provou, faz curar ferimentos e alivia a dor. O araçá-boi tem cálcio, ferro e várias vitaminas na sua polpa. Já as folhas do bacupari são usadas para curar feridas de cortes na pele, quando saímos para caçar ou colher frutas na floresta.

– Então estamos na "farmácia" da aldeia? – Ela sorriu ao me ver fazer aspas com os dedos.

– Sim, *Yby*, podemos dizer que sim.

Ela, então, me explicou que algumas flores e ervas plantadas naquela horta estavam distribuídas em áreas específicas, cada qual relacionada a uma parte do corpo. Passamos pelas ervas boas para tratar de dor de barriga, depois asma, resfriados, dores musculares e até cólica menstrual.

O jardim dos remédios era lindo e colorido, conforme as frutas ou folhas de cada seção. Quando a gente estava chegando à saída daquele labirinto repleto de cores e cheiros, eu ouvi o barulho de água corrente. "Deve haver algum córrego aqui perto", pensei.

– Sim, *Yby*, também se aproxima o momento de retornar à aldeia de onde partimos. Sua família procura por você.

– Antes, eu preciso perguntar umas coisas, vozinha: a senhora sabe qual é a minha missão? Sabe quem é o meu amigo nas viagens que faço, em busca dos cristais desaparecidos?

Saímos daquele jardim com a vozinha pensativa, mas sem dizer palavra. Seguimos para a beirada do córrego. Ela estendeu a mão, me pedindo que a seguisse. Quando a água cobriu nossos pés, nós nos viramos uma para a outra.

Mãos dadas, eu fechei meus olhos. Meu sinal da cruz das fadas passou a vibrar intensamente, e um fluxo de energia foi trocado entre nós. A água ao nosso redor formou um redemoinho e eu senti a gente flutuando no ar.

Pouco depois descemos. A correnteza estava calma e tranquila quando eu abri meus olhos e soltamos as mãos. Ela sentou-se na mesma pedra em que a encontrei e voltou a descascar a mandioca, como se nada tivesse acontecido. Levantou seu rosto gentil, e carinhosamente me disse:

– A resposta para suas perguntas está onde tudo começou.

Eu ouvi um burburinho se aproximando, que só podia indicar uma coisa: Lipe na área. Virei-me e vi que ele, Manu e Clara se aproximavam, e estavam acompanhados.

– Adivinhe quem a gente encontrou, Gigi? – perguntou Manu.

Antes de responder à pergunta de Manu, eu me virei para mostrar a eles que eu não estava sozinha. Mas quase caí para trás, quando constatei que a vozinha... Bem, a vozinha havia DESAPARECIDO!

14

lendas esquecidas pelo tempo

Eu ainda não estava recuperada do susto pelo sumiço da vozinha. Com ela, também sumiram a pedra, as mandiocas descascadas e até as marcas de nossos pés, no chão molhado à beira do córrego. Sinistro! Será que foi tudo um sonho?

– Gigi, o que houve? Parece que você viu um fantasma! – disse Manu.

– Deve ser fome – arriscou Lipe –, já passou da hora do almoço.

– Tá tudo bem, *imã*? Quer se sentar naquela sombra da árvore? Molha um pouco a sua nuca com a água do rio. Pode ser o calor...

– Não, gente, está tudo bem. Eu já estou melhorando...

– Olha quem a gente encontrou! Eu não disse que era a Dadá naquela foto velha da lojinha? Eu a reconheci pela franjinha na testa, os cabelos lisos e os olhinhos puxados.

De fato, havíamos encontrado quem fomos buscar. Eu olhei para aquela Dadá, um pouco mais magra, com algumas marcas do tempo em seu rosto, ombros caídos, segurando uma linda menininha indígena pela mão, e me surpreendi com o que ela disse:

– Eu estava à sua espera, *Ybytatá*. – Ela me avisou de sua chegada.

– *Peraí*, Dadá – interrompeu Lipe –, o nome dela é Giovana! – Ele disse isso apontando para mim. – Você está confundindo a Gigi com outra pessoa.

– Está tudo bem, Lipe – eu falei e estendi a mão para a moça. – Prazer, Dadá – e lhe dei dois beijinhos na face. – Onde ela está? – perguntei em seguida, referindo-me à vozinha que tinha estado ali até instantes atrás. Eu sabia que ela entenderia o que quis perguntar, pois senti a troca de energia que aconteceu quando nós nos tocamos.

– Pessoal – interrompeu Manu –, eu acho que perdemos alguma coisa. Será que vocês poderiam explicar para a gente o que está acontecendo?

– Também acho, mas posso sugerir que seja no restaurante da aldeia? Eu estou morrendo de fome!

– Lipe tem razão. Vamos encontrar nossos pais e, durante o almoço, eu conto tudo pra vocês. Mas, no caminho, quero conversar com a Dadá sobre uma amiga que temos em comum – falei e pisquei o olho para ela.

Depois eu olhei para a menininha, que estava agarrada à sua mão, de franjinha e cabelos negros, olhinhos puxados e rosto redondo, que não deixam dúvidas sobre quem seria a sua mãe.

– Você não me apresentou à linda menininha que está com você, Dadá. É sua filha?

– Sim, *Yby*, e o nome dela é Mani.

***

Comemos um peixe maravilhoso e aproveitamos muito a hospitalidade dos indígenas daquela aldeia. Salada fresquinha, colhida da própria horta, suco de frutas naturais, colhidas no pé, e doces em compota fabricados na aldeia. Uma delícia!

O dia lindo, de céu azul e brisa fresca correndo pelo refeitório, era um convite a sentarmos ao redor da mesa, contar e ouvir histórias. Neste quesito eu fui o centro das atenções. Contei para a turma tudo o que me lembrei do que tinha acontecido durante a minha viagem à Aldeia da Vida: a simpática vozinha, a visita à horta medicinal e a fantástica aparição da onça-pintada com sua montaria, guardiãs da aldeia da vida! O Lipe estava morrendo de inveja.

– Eu queria ter dado uma volta na garupa daquela onça, Gigi! Melhor que montanha-russa da Disney.

– E bem mais perigoso também! – disse tia Marcela.

– Posso ver novamente o cristal que estava com a Dadá?

– Não estava com a Dadá, Manu. Sua filha, Mani, o estava guardando para mim. Sua mãe preparou uma gargantilha de couro e guardou o cristal em um saquinho preso ao seu pescoço. Vejam, ele é menor do que os outros – falei, e o saquei dentre os demais que trazia guardados comigo.

– Então, Gi, ela é neta daquela vozinha que desapareceu na beira do córrego?

– Sim, Clara.

– E se formos considerar que ela tinha um olho de cada cor, como o do Iorio, talvez ela seja um de seus ancestrais.

– Gênia, Clarinha – disse Lipe empolgado com as recentes descobertas –, e, se a Gigi sentiu a energia dos cristais quando tocou suas mãos, ela também era guardiã.

– Também acho, Lipe, até que enfim você deu uma dentro!

– Não enche, Manu! Agora eu pergunto: e a Dadá? Você já sabe de onde ela veio?

– Eu acho que ela é descendente da Potyra. A filha de Naipi e Tarobá. Aquela menininha que estava na pintura da caverna.

– Por que diz isso, Giovana? O que ela te contou?

– Ela veio ainda pequena para cá, trazida pela família do cacique do nosso povo. Em busca da cidade prometida.

– Que pode ser a Aldeia da Vida que você visitou com a vozinha – disse meu pai.

– Sim, pai, também acho – completou Clara. – Porém, quando ficou adolescente, ela decidiu estudar, e foi em busca de trabalho na cidade grande. Ela se empregou no prédio em que eu moro com a minha mãe, para poder ter renda e pagar os estudos.

– Até pegar o cristal da Clarinha no dia em que ela se mudou. A Dadá me contou que, naquele dia, ela sentiu o sinal da cruz vibrar em sua nuca. Sentiu que devia guardar aquele cristal com cuidado, pois algo muito importante envolvia a história daquela pedra.

– Como ela soube que a gente iria procurar por ela em Paraty, Gi?

– Anos depois, Manu, a vozinha apareceu em um de seus sonhos. Segundo me disse, volta e meia ela a visitava enquanto dormia. Desta vez, disse que ela deveria voltar à sua aldeia, em Paraty, e aguardar a presença da guardiã dos cristais da Amazônia. Quando esse dia chegasse, ela deveria entregar a pedra, e uma importante missão poderia ser cumprida.

– Uau! Que história fantástica! – disse mamãe. – E agora, qual o próximo passo?

– A primeira coisa a fazer é pedir para o Lipe parar de se coçar um pouco e prestar mais atenção no que estou falando. Se não, vai querer que eu repita tudo de novo!

Todos já tinham reparado que, há algum tempo, o Lipe estava se coçando. Primeiro eu achei que eram mosquitos embaixo da mesa, mas, como a coceira estava cada vez mais intensa, resolvi reclamar.

– Lipe, se levanta da mesa para eu ver suas pernas – pediu Tio Paulo.

Quando vimos as pernas dele, tomamos um susto! Milhares de pequenas pintas escuras, uma vermelhidão enorme e manchas de sangue escorrendo onde ele havia se coçado.

– SANGUESSUGAS! EU VOU MORRER!

15

sanguessugas!

A Manu, que estava ao lado do Lipe, deu um salto, começou a se coçar, e procurar as "pintinhas alpinistas" que poderiam estar escalando suas pernas. A tia Marcela correu para olhar de perto o que o tio Paulo já tentava identificar. Coisa que só seria possível se o Lipe parasse de pular e gritar.

– Tira isso de mim, pai, está coçando muito! Tira isso de mim, pai!

– Pare de pular, Lipe, se não eu não consigo ver o que é!

– Sanguessugas, pai, são sanguessugas... – e não parava de pular e se coçar.

– Não são sanguessugas, Lipe! Disso eu tenho certeza. São pequenininhos e estão se mexendo.

– Devem ser pulgas – arriscou tia Marcela.

Tamanha confusão chamou atenção dos indígenas que estavam por perto, incluindo a Dadá. Ela se aproximou do Lipe, olhou de longe as pernas dele e saiu correndo para o balcão do refeitório. Voltou com um recipiente, jogou algo em uma das mãos e esfregou na perna dele. Os bichinhos pararam de andar.

– Carrapatos – ela disse. – Centenas de filhotes de carrapato-estrela. Eu vi quando você brincava com um cachorrinho amarelo-caramelo, na frente do galinheiro. E depois ele o seguiu e se esfregou em suas pernas. Deve ter sido dele que você pegou esses bichinhos. Agora, abaixe as calças.

– Como é que é? Nem pensar! MÃEEE! – gritou Lipe procurando a tia Marcela com os olhos.

A Dadá olhou para a tia Marcela e estendeu-lhe a mão, oferecendo à mãe do Lipe o recipiente com o gel que usou para matar os bichinhos.

– É álcool gel. Isto mata e seca os carrapatos. Mas é preciso ser rápido, para que eles não se escondam no corpo do Lipe ou se aprofundem em sua pele.

A tia pegou o álcool gel da mão da Dadá e começou a esfregar freneticamente nas pernas do Lipe, que já tinha tirado os sapatos, as meias e baixado as calças.

– Estes bichos são exímios escaladores de paredes e também de pessoas. O micuim, que é como se chama esse filhote, já nasce faminto – disse tio Paulo.

– Igual a você, Lipe – eu falei brincando, para descontrair o ambiente.

– Mesmo depois de matar todos os micuins que forem encontrados, vale a pena tomar um antialérgico. Onde o Lipe foi picado ficará coçando bastante por alguns dias – disse a Dadá.

O caminho de van, na volta até a pousada, foi muito tumultuado. O Lipe não parava de se mexer, e de se coçar, e de reclamar, e de perturbar todo mundo ao seu redor.

– Que cheiro ruim é esse? Liiiiiipeeee!?!?!? – gritou Manu, olhando para o culpado.

– Desculpa, gente, não consegui me segurar. Deve ser o efeito das coceiras...

– Isso não tem nada a ver com coceira, Lipe, tem a ver com falta de educação! – disse tia Marcela.

Apesar da confusão, e do mau cheiro causado pelo pum do Lipe, depois de as janelas serem abertas, eu tentei conversar sobre qual caminho seguir.

– Gente, já caiu a ficha para vocês de que agora só falta um cristal para completarmos a missão?

– É verdade, Giovana. E quantos quilômetros a gente viajou até chegarmos a esse momento! – disse o papai.

– Pena que a gente ainda não sabe quantos faltam percorrer – eu disse.

– Mas, sem dúvida, estamos bem mais perto do que quando começamos – concluiu Clarinha.

Entre uma coçada e outra do meu amigo, eu comecei a lembrar como as peças daquele quebra-cabeças haviam se encaixado.

Os cristais partiram da Amazônia, atravessaram rios de diferentes bacias hidrográficas e foram levados por povos nômades[21]. Aqueles indígenas se mudavam cada vez que a caça se esgotava, que a água era contaminada ou, ainda, por causa da aproximação da "civilização", com as suas doenças, querendo fazê-los se adaptar ao seu estilo de vida.

---

[21] *Que não se estabelecem em um só lugar.*

Foi assim que uma parte desses indígenas deixou o bioma da Amazônia para trás e chegou a Mato Grosso. Alguns se estabeleceram ali, enquanto outros seguiram para o sul. Foi por isso que encontramos um cristal em Bonito e outro em Foz do Iguaçu.

Tudo leva a crer que a vozinha que encontrei em Paraty seja uma ancestral do Iorio. Também acho que Naipi é uma ancestral de Nahara e Dadá, porque não sabemos por onde Potyra[22] passou depois que saiu da caverna. Dadá e Nahara eu conheci em cidades diferentes, porém as duas estão no bioma da Mata Atlântica. Ambas são, ou foram, guardiãs dos cristais da Amazônia.

Leo, Iorio, Nahara e Dadá. Quatro guardiões, três biomas diferentes, inúmeros indígenas, plantas e animais que já conhecemos nesta jornada.

– Qual o sentido disso tudo? – pensei alto.

– Eu tô sentindo uma coceira danada, Gi! Eu não consigo parar de me coçar!

Envolvida em meus pensamentos, eu não percebi que o Lipe estava passando gelo nas picadas de carrapato. Ele pensou que eu estava perguntando a ele qual o sentido de passar gelo nas picadas.

– Eu não estava falando com você, Lipe, desculpe.

– Então estava falando com quem, Gigi? – perguntou Manu.

– Acho que comigo mesma. Descobrimos muita coisa, mas ainda há muito a explicar.

– Eu tenho uma ideia – disse Clara. – Por que não fazemos uma reunião de vídeo, com todos os amigos com quem trocamos conhecimento e dúvidas nesta jornada?

– Tipo, todos aqueles que carregam o sinal da pedra em cruz? – perguntou Manu.

– Sim, mas não só eles.

---

[22] *Filha de Naipi e Tarobá, que encontrei em uma caverna na aventura que vivemos em Foz do Iguaçu.*

– Também acho que devemos chamar todos de quem suspeitamos que seja o VT...

– Nós também queremos participar – disse mamãe.

– Claro que a família tem que estar presente! Depois de tanto sacrifício... – disse tio Paulo, entre uma sacolejada e outra naquela van apertada e fedorenta.

Todos de acordo. Mas, antes, íamos concluir a nossa visita a Paraty.

Ao chegarmos exaustos de volta à pousada, combinamos de tomar banho, trocar de roupa e nos encontrar na entrada para mais um passeio nas ruas do pé do moleque. Ou seria pé de poleque? Bem, você sabe o que eu quero dizer. Aquela rua de pedras mal cortadas e enrugadas.

Eu fui a última a sair do meu quarto, porque a Clarinha queimou o secador de cabelo depois do banho. Eu tive que esperar o moço trazer outro, para secar o meu.

Quando cheguei, eu percebi nos rostos de todos uma grande preocupação. E a mamãe estava abraçada à Clarinha, que estava chorando. O papai se aproximou de mim lentamente e estendeu os braços para me abraçar. Alguma coisa me dizia que algo horrível havia acontecido.

– Foi a vovó, papai?

– Sim, filha.

– Ela morreu?

16

a querida avó dos cabelos cor de fogo

Não restou a menor dúvida para ninguém de que a viagem havia acabado. Nada nos faria ficar ali e buscar diversão diante de uma notícia tão triste. A agonia era enorme e, infelizmente, quatro horas ainda nos separavam de onde a vovó estava.

Papai ainda insistiu que o tio Paulo continuasse o passeio como planejado. Mas não havia clima para isso. Em menos de quinze minutos, as malas estavam fechadas, contas pagas e todo mundo já estava amassado na van, para fazer a viagem de volta.

Eu sabia que a volta seria triste e preocupante. Estava certa de que cada um de nós, cada qual à sua maneira, estava com o pensamento voltado para a vó Magda.

Ela sempre teve uma história engraçada para nos contar sobre como o papai era arteiro na infância. Ela ensinou, à Clara e a mim, como fazer *brownies* e *cookies* deliciosos. Tentou, mas não conseguiu, ensinar a mamãe a fazer tricô e ponto de cruz. E ela nunca se recusou a nos receber, quando nossos pais nos deixavam na casa dela, enquanto saíam para fazer programa de adultos.

Houve um tempo em que eu me chateava com isso, mas hoje não mais. Além do que, ficar na casa da vovó sempre foi uma grande diversão: pipoca em frente à TV até tarde, brigadeiro de colher e corrida de rede. Enfim, não consigo imaginar como a vida seria sem a vovó.

– Mãe...

– Sim, filha.

– Pode repetir o que foi que a vizinha da vovó falou quando a encontrou no chão do quarto?

– Filha, para que ficar remoendo isso o tempo todo?

– Por favor, mãe.

– Bem, pela última vez. Como costuma fazer todas as manhãs, a vizinha da sua avó desceu até a portaria, pegou o jornal das duas e bateu na porta da vó Magda para lhe entregar o jornal. Ela sabe que a sua avó mora sozinha, pois a conhece desde que o seu avô era vivo. Assim, desde que ela ficou viúva, a vizinha tem uma chave reserva de sua casa, para uma situação de emergência.

– Como foi o caso...

– Isso mesmo, Clara. Quando a vizinha bateu na porta e a sua avó não atendeu, ela viu que havia algo estranho. Foi até o basculante da cozinha e não sentiu o cheiro de café fresco com que ela era recebida todas as manhãs, para tomar com o bolo de fubá.

– Aí ela arrombou a porta? – perguntou Lipe.

– Não era preciso, Lipe, pois ela tinha a chave, lembra? A vizinha buscou a chave em sua casa, entrou na casa de sua avó e a encontrou desmaiada no chão do seu quarto. Chamou o marido, que acionou os bombeiros, e ela foi levada para o hospital.

– E o que ela tem, tia Gabi? – perguntou Manu.

– Ainda não sabemos. A última notícia que tivemos antes de sair da pousada é a de que ela ainda está desacordada, fazendo uma série de exames.

– Vamos torcer para que não seja nada, Manu; às vezes, acontece com a gente de se levantar muito rápido da cama, e dá uma tonteira danada – disse tia Marcela.

A verdade é que estávamos muito tristes e apreensivos com a saúde da vó Magda. Minha querida vovó dos cabelos vermelhos.

Naquela noite, chegamos ao hospital já fora do horário de visitas. Com muita insistência, deixaram o papai entrar na UTI, uma sala para os doentes mais graves. Ele precisava dar um beijinho na sua mãe. Quando ele saiu de lá, deu para ver que tinha chorado. A mamãe perguntou como ela estava. Mas ele apenas balançou a cabeça, de um lado para o outro e levantou os braços, como se não soubesse o que dizer.

– Os médicos ainda não sabem o que aconteceu.

Fomos para casa descarregar as malas da viagem e tentar dormir um pouco. O papai ficou no hospital. Clara foi dormir na casa da mãe dela. Acho que não queria que eu a visse chorando. Manu dormiu comigo, lá em casa. Achei legal para eu ter com quem conversar durante a noite, pois, é claro, ninguém conseguiu pregar os olhos.

Me lembrei da conversa que tive com aquela vozinha de Paraty. Ainda na beira daquele córrego, enquanto descascava a raiz de mandioca. De certa forma, eu sinto como se ela estivesse me preparando para o que estava por vir. Um momento de dor. Ela queria que eu soubesse que, assim como a Mani, todos têm uma missão a cumprir, e que talvez a missão da vó Magda também tenha terminado.

Não... Não mesmo! Não era assim que eu me sentia. Queria ver a vó Magda. Queria fazer alguma coisa por ela.

No dia seguinte, quando chegamos ao hospital, a Clarinha já fazia companhia ao papai. O cheiro do hospital me deixou com o estômago embrulhado. Mamãe levou roupas limpas para o papai trocar. Ele nos contou que o quadro não tinha se alterado. A vovó ainda dormia e o médico que a tinha atendido no dia anterior não havia chegado. Papai sugeriu que Clarinha e eu entrássemos primeiro. O tempo de visita era curto, iríamos nos dividir em dois grupos.

Entramos no quarto onde ela estava e cada uma de nós segurou uma mãozinha dela. Não demorou muito para a gente começar a chorar. Mas eu não conseguia acreditar que aquilo fosse terminar assim. A missão da Vovó ainda não acabou! Tanto poder meus cristais têm em si, quem sabe eles não podem ajudar? Eu estava pensando nisso quando senti aquele cheiro diferente entrar no quarto.

– *Imã.*

– Sim, Gigi.

– Você está sentindo esse cheiro?

– Cheiro de hospital é assim mesmo, Gi. Aguenta firme, está quase acabando o nosso tempo de visita.

– O VT está aqui – eu disse –, eu estou sentindo o cheiro do urucum em sua pele.

Clarinha me olhou assustada, mas entendeu o que precisava fazer.

– Então eu vou sair para você falar com ele. Vou segurar o papai lá fora, o tempo que vocês precisarem.

Eu acompanhei a minha irmã com os olhos até que saísse pela porta atrás de mim. Quando voltei a minha atenção para a cama onde estava a vovó, ele já estava à minha frente.

Sem dizer palavra, ele depositou seus dois cristais sobre o corpo da vovó. Um de cor verde, sobre sua testa, e outro de cor vermelha, em seu peito. Olhou para mim e, só com a mente, pediu que eu fizesse o mesmo.

Eu procurei o saquinho dos cristais que estavam em minha bolsa a tiracolo e coloquei minha mão em seu interior. Procurei sentir aquele que mais se aquecesse ao ser tocado e retirei-o. Coloquei-o em seu pescoço, pois foi para onde o VT apontou. Repeti o processo e, seguindo a orientação do VT, eu coloquei o último cristal na barriga da vovó. E o observei...

Ele, então, ergueu seus braços, como naquele dia na caverna em Foz, antes de me ajudar a voltar daquela aventura. Olhou para mim como se pedisse que eu fizesse o mesmo. O que se viu a seguir foi uma profusão de raios de luz de todas as cores possíveis e imagináveis. Rodopiando pelo quarto todo, chicoteando em suas paredes, atravessando o corpo da vovó e zumbindo janela afora. Até que tudo cessou.

Eu voltei a ouvir os bips dos aparelhos ligados à vovó, e o vento lá fora se jogando agressivo contra a janela.

O VT olhou para mim e sorriu.

20

17

e agora?

A gente ainda estava no quarto da UTI e eu assistia ao VT recolher seus cristais sobre o corpo da vó Magda. Ela respirava calma e tranquilamente. Achei que devia fazer o mesmo com os meus cristais, e comecei a pegar os que ainda estavam sobre a vovó.

Quando fui guardá-los no meu saquinho, uma coisa muito estranha me chamou atenção. Quando eu ia tirar a dúvida sobre aquilo com o VT, todos os aparelhos que monitoravam a vó Magda começaram a apitar ao mesmo tempo! Eu virei para ver do que se tratava, mas nesse instante a porta do quarto se abriu.

Uma avalanche de pessoas entrou correndo. Primeiro entrou o médico, seguido por duas enfermeiras, que traziam uma máquina de dar choque no coração. Depois foi o papai e, empurrando-se uns aos outros, entraram Clarinha, Manu e mamãe.

No meio daquela confusão de pessoas e aparelhos enlouquecidos, o VT desapareceu. Eu não conseguia ver o que estava acontecendo, pois os adultos formaram um paredão ao redor da vovó.

Os minutos pareciam horas. O tempo demorava demais a passar. Então, fez-se um silêncio profundo e eu pensei no pior. Um a um, os adultos foram saindo da minha frente, até que, enfim, eu pude vê-la. Ela continuava deitada na cama, mas sorria.

O vermelho-fogo de seus cabelos havia dado lugar a lindos gomos de algodão, branquinhos, e ela me estendia a mão.

– Vem cá, Gigi, dê-me sua mão – ela falou, e eu desabei a chorar de alegria.

***

– Vó Magda, posso repetir?

Na semana seguinte ao susto que sofremos com o desmaio da vovó, nós estávamos todos reunidos na casa dela. Era dia 29, dia do "Nhoque da Fortuna"!

Mais cedo, assim que chegamos, foi uma grande farra jogar aquelas pequenas bolinhas de batata e farinha na água fervendo. Depois, era só esperar que boiassem para pescá-las com uma peneira.

O Lipe também entrou na brincadeira e, ao olhar para a tigela cheia de bolinhas cozidas com o molho de tomate por cima, que ele tinha preparado, a vovó disse:

– Você já pode se casar, Lipe! Está cozinhando muito bem! – E todos rimos muito. Menos o Lipe, que me procurou com o canto dos olhos. Ainda bem que só a Clarinha percebeu! Eu bem vi quando ela desviou o olhar do meu.

Mais tarde, à mesa, depois de comer dois pratos, ele ainda não estava saciado.

– Vó Magda, posso repetir?

– Claro que pode, meu filho. Benza Deus – ela disse. – Já contei para vocês qual é a lenda por trás deste nhoque?

– Não, vó, ainda não! Conta para a gente?

– Bem, cada um conta a lenda de um jeito. Eu vou contar como minha mãe me ensinou. Há muitos séculos, na Itália, um homem rico, disfarçado de pedinte, bateu à porta de uma família e pediu um prato de comida. Apesar de serem muitas pessoas naquela família para se alimentar, eles o acolheram. Dividiram o mesmo número de bolinhas de nhoque para cada um. Assim, cada um ficou com sete bolinhas.

– Já imagino o porquê de a gente comer as primeiras sete bolinhas de pé... – disse Manu.

– Isso mesmo, Manu. Somente depois de comermos sete pedacinhos de pé, que nos fazem lembrar da lenda, é que podemos sentar e completar a refeição – disse a vovó.

– Menos o Lipe, que parece não acabar nunca – disse Clara, sorrindo para ele.

– Deixa o Lipe, Clara. Senão ele pode ficar acanhado.

– Duvido muito, vovó, ele é cara de pau, mas acabe a história! Estou curiosa.

A vovó então nos contou que, após a refeição, e de ter ido embora aquele andarilho, a família foi surpreendida ao recolher os pratos para lavar. Embaixo de cada prato de comida havia uma moeda de ouro.

– Esta foi a maneira que o visitante encontrou de agradecer pelo prato de comida, no momento em que estava faminto. Conta a lenda que, desse dia em diante, nunca mais faltou nada na mesa daquela família, que viveu com saúde e abundância. Com o tempo, tornou-se uma tradição para muitas famílias a prática de colocar dinheiro embaixo do prato de nhoque no dia 29. Acreditam que isso traz muita sorte para o resto do mês.

– E você acredita nisso, vó Magda?

– Eu acredito, Gigi, que a melhor forma de atrair coisas boas para nós é doar o dinheirinho que encontramos embaixo dos pratos. Como acabamos de ver nesta semana, a maior fortuna que temos é a nossa saúde.

– A família e os nossos amigos, né, vó? – eu disse, olhando para a Clarinha, o Lipe e a Manu, enquanto a vovó desviou o olhar, procurando por sua vizinha.

Vovó a havia convidado para o almoço, como forma de agradecimento pelo que tinha feito por ela no dia de seu desmaio.

– Então – disse vó Magda –, ao final do almoço, antes de vocês retornarem para suas casas, eu quero sugerir que levem a nota que encontrarem debaixo de seus pratos e que a entreguem a alguém necessitado e com fome. Esta será uma forma simples de agradecermos por tudo o que recebemos.

Na volta para casa, depois de fazermos a doação daquela nota que encontramos embaixo de nossos pratos, sentíamos no peito uma enorme alegria. Não só pelo retorno da vovó à sua casa, mas por percebermos quanto temos que agradecer por estarmos vivos e com saúde.

– Tá todo mundo se sentindo tão bem como eu?

– Acho que sim, Gigi, foi o melhor dia 29 da minha vida – disse Manu, e todos concordaram.

– Só uma coisa me entristeceu um pouco...

– O que foi, *imã*? O dia foi tão legal!

– É que eu me lembrei da vozinha de Paraty.

– E isso não é bom? – perguntou Manu.

– É sim. Mas é que lembrei de uma conversa que tivemos sobre os povos isolados. De como aqueles indígenas eram felizes por manter suas culturas, tradições e lendas. Como toda a sabedoria de um povo é passada de pai para filho, e assim por diante, durante vários séculos. Desde muito antes de os portugueses e espanhóis chegarem aqui para brigar entre si e tirar as riquezas do nosso solo.

– Sim, Gigi, isso é muito triste, mas já passou – disse Manu.

– Esta é a questão, gente. Não passou! Muitos povos indígenas estão passando fome. Outros brigam para manter suas terras contra aqueles que ainda as querem para continuar a extrair tudo o que elas podem dar. Sem se preocupar com a água, os animais e os alimentos dos indígenas.

– Não entendi, Giovana – disse Lipe.

– Gente, eu entendi um monte de coisas novas durante a nossa visita a Paraty. E, também, com a doença da vó Magda. Preciso da ajuda de vocês para juntar as últimas peças deste quebra-cabeças. Só nos falta encontrar um cristal mágico, e eu acho que já sei com quem e onde ele está.

– Como assim?!?!?!? – todos falaram de uma só vez.

– Conta pra gente, Gi, onde está o último cristal?

18

os guardiões em conferência

Acho que vovó melhorou porque ainda não terminou sua missão. Isso ficou claro, para mim, quando conseguimos ajudá-la em sua recuperação. Ao juntarmos forças, eu e VT, naquele dia no hospital.

Os cabelos dela ficaram lindos de branco. Ela disse que nunca mais irá pintá-los novamente. Me disse que tinha gostado da forma que ficaram depois que ela se recuperou daquele susto. "Parecem gomos de algodão".

– E então, Clara, o Iorio já entrou? – perguntou Manu e me tirou dos meus pensamentos.

– Ainda não, Manu. Não é fácil conseguir sinal de internet em Poconé.

A gente estava na casa da tia Marcela, aguardando todos os guardiões se conectarem para que eu pudesse contar a eles sobre os últimos acontecimentos.

– O Iorio me disse que sairia cedo da pousada, para poder se conectar da biblioteca da cidade. Deve estar atravessando a Transpantaneira neste instante – disse Clara.

– Diferente da Nahara e do Índio Leo, que estão bem conectados e batendo altos papos há mais de dez minutos. Tão lindinhos... – disse Manu.

– Tá morrendo de inveja, né, Manu? Com treze anos e ainda nem beijou.

– Quem disse? Você não sabe de nada, viu! E tira a mão do *mouse*, seu rato! – disse ela empurrando a mão do irmão, que acabou por desconectar a rede sem querer. – Viu? Perdemos a conexão! – gritou – Eu sabia que isso ia acontecer. Mãeee!!!

– Lipe, já para o quarto! Vai pensar no que você fez – disse tia Marcela.

Poucos minutos depois, sem o Lipe na sala, nós estávamos todos conectados e o Iorio tinha acabado de entrar na *call*.

– Oi, pessoal, como estão todos? Tá todo mundo aí?

Depois de muitos cumprimentos, o amigo Iorio percebeu que Lipe não estava presente. Explicamos o que houve e, depois de o encarcerado ter prometido se comportar, concordamos em trazê-lo de volta.

– Fala, Iorio, tudo bem contigo? Por que demorou tanto? – perguntou Lipe.

– Calculei chegar à biblioteca de Cuiabá pelo menos meia hora mais cedo do que o horário da nossa *call*. Acontece que tive de passar por um incêndio muito intenso na estrada, a 50 km da cidade. Uma coisa terrível. A vegetação está muito seca, por causa da falta de chuvas, e qualquer descuido pode iniciar uma grande queimada.

– De que descuido você está falando? – perguntou Clara.

Ele explicou que, às vezes, uma simples guimba de cigarro, jogada pela janela de algum veículo, pode iniciar um incêndio. Mas que também pode acontecer um incêndio criminoso, no caso de balões, ou mesmo iniciado por agricultores e pecuaristas, para abrir o espaço para o gado pastar.

– Com certeza! – disse o Índio Leo. – Soma-se a isso a redução na vazão dos rios voadores e...

– Fogo na floresta! – disse Iorio.

– E quem mais sofre com isso? – perguntou Nahara, e ela mesma respondeu – A fauna e a flora.

– Para tudo, gente! – gritei. – Eu deixei de acompanhar o que estavam dizendo quando o Leo falou em "rios voadores". É isso mesmo, Leo, ou você queria dizer "discos voadores"?

– Os rios voadores estão acima de nós, neste momento, Giovana. Mas não os percebemos – disse o Índio Leo.

– Isso mesmo, Gi. O Leo me explicou isso na semana passada – disse Nahara.

– Ai, que fofo! – sussurrou Lipe, debochando da amiga Nahara.

– Quer voltar pro quarto? – perguntou tia Marcela.

– Já parei, já parei... – disse ele.

– Como eu estava dizendo, Gigi, o Leo me contou que a floresta da Amazônia suga do solo o equivalente ao volume de água de um grande rio. Como o rio Amazonas. E devolve esse volume de água para a atmosfera, por evapotranspiração.

– A floresta transpira. É isso? – perguntou Clara.

– Sim. Parte da umidade gerada por essa transpiração se precipita e cai em forma de chuva, na própria floresta – disse o Índio Leo.

Nahara explicou que outra parte desse vapor úmido caminha em direção à cordilheira dos Andes. Ao se chocar com aquele maciço gelado, o vapor se precipita em forma de neve ou chuva. E o volume de água que resulta desse processo alimenta a cabeceira de rios já existentes ou forma novas nascentes.

– Muito bacana! Então, o vapor flutua até bater no muro e cai. É isso?

– Não apenas isso, Manu. Uma grande parte desse volume de água, em forma de vapor, ainda caminha para o centro-oeste – explicou Leo.

– São os rios voadores – disse Iorio –, que, ao se precipitarem em forma de chuvas, agem como reguladores, não só da temperatura e do clima como também das cheias do Pantanal.

– Do centro-oeste, estes rios flutuantes seguem em direção às regiões sudeste e sul. Até chegar na bacia do rio do Prata, onde irão regular a vazão das cachoeiras de Foz do Iguaçu e o volume das reservas da bacia de Itaipu – continuou Nahara.

– Ou seja – perguntou Clara – o aumento no desmatamento das florestas na Amazônia pode interferir no clima e no volume de chuvas não só no bioma da Amazônia como também do Pantanal e Mata Atlântica?

– Exatamente! – confirmou Iorio. – Com o descontrole dos incêndios nesta época do ano, somos obrigados a assistir a inúmeras árvores quase extintas serem queimadas, além da morte de diversos animais ameaçados de extinção.

– Morrem de fome? – perguntou Manu.

– Morrem de fome, sede ou queimados, pois não conseguem fugir do fogo a tempo de se salvar. Na semana passada, um lobo-guará foi visto correndo desesperado pelas ruas de Corumbá. Eu estou certo de que o planeta perdeu inúmeros tamanduás-bandeira, pacas e cobras no incêndio de hoje.

– Tadinhos! – disse mamãe.

– E não há nada que possamos fazer? – perguntou tia Marcela.

– Na verdade, o Leo e eu temos pensado muito nisso – disse Nahara. – Tivemos uma ideia, que estamos desenvolvendo com aquele motorista e guia de vocês em Foz. Lembram-se do piloto?

– Claro que sim! Ele agora é biólogo – disse Lipe –, eu já contei isso para a turma.

– Exatamente! Especializado em grandes felinos. Adora as onças...

Depois que Leo, Iorio e Nahara nos contaram um pouco sobre seus projetos pessoais, que envolvem o cuidado e a preservação da natureza, Leo trouxe o tema da nossa reunião para a mesa ao me perguntar:

– Então, Gigi, encontrou os cristais que faltavam?

– Sim e não – respondi. – Encontramos um deles, e acho que o último está na Amazônia.

19

de volta para onde tudo começou

Para entender como eu cheguei a esta conclusão, precisei contar para os guardiões da Amazônia, do Pantanal e da Mata Atlântica o que tinha se passado em Paraty. Era importante que a Dadá se juntasse ao grupo, pois, além de ser uma guardiã, ela tinha informações sobre aquela vozinha com quem conversei. Eu queria que ela compartilhasse tudo o que sabia conosco.

A meu pedido, Clarinha havia combinado com ela de se conectar conosco daquela loja de artesanato em Paraty. Lá tinha rede *wi-fi*. No horário marcado, ela entrou na *call* e apresentei a Dadá aos demais.

– Gente! É impressionante como a Dadá e o Iorio se parecem – disse Nahara, ao vê-los lado a lado na telinha.

– E você iria cair para trás se visse a vozinha da Aldeia da Vida. Ela tem os olhos de duas cores, igual ao Iorio.

– *Sinistro*! – disse Lipe.

– Você costuma ver sua avó passeando pela aldeia de Paraty, como viu a Gigi? – perguntou Manu.

– Não, Manu. Mas ela me visita em sonho. Foi assim que eu soube da chegada de vocês a Paraty. A lenda que ela te contou sobre a pequena Mani é muito conhecida pelo meu povo[23]. Por isso dei este nome para a minha querida filha. Será uma mulher forte, que, tenho certeza, abraçará a missão de ajudar a preservar nossa cultura e a salvar o planeta para futuras gerações.

– Então a vozinha não existe. É um espírito? Uma "alma penada"?

– Pode ser um espírito da mata, Lipe, como existe na crença de diversos povos indígenas – disse Leo – mas não existe isso de "alma penada".

– Assim como o Velho do Rio, no Pantanal – completou Iorio. – Muitas pessoas juram tê-lo visto e que ele ajuda os animais a fugir dos incêndios. Moradores da região, bem como alguns turistas, dizem ter sido salvos por ele do ataque de sucuris e suçuaranas.

– Isso mesmo, Iorio! Eu até pensei que você era ... bem, deixa pra lá. Gigi, você contou ao Leo sobre aquela onça gigante carregando uma deusa pelada no cangote?

– Não foi nada disso, Lipe – cortei o engraçadinho. Depois, contei para o grupo como tinha sido o meu encontro com aquela vigilante da Aldeia da Vida. Leo, então, nos contou a lenda das antigas Amazonas. Mulheres indígenas altas, claras e extremamente fortes, cabelos enrolados e enlaçados na cabeça, que carregavam arcos e flechas às costas. Elas defendiam seus territórios do avanço dos colonizadores, com a força de dez homens.

---

[22] *A lenda na menina Mani e da origem da mandioca é contada de diferentes formas por escritores indígenas de diferentes povos do Brasil. Alguns autores atribuem-na aos Tupis-Guaranis e outros ao povo Enawenê-Nawê (MT). Às vezes, a versão é contada com uma menina e outras com um menino indígena. Aqui, o autor se permitiu escrever um reconto da versão Enawenê-Nawê.*

– Talvez você tenha visto uma das Amazonas em sua viagem, Giovana – deduziu papai.

– Só que agora elas andam motorizadas, né, Gi. Aprenderam a montar em onças gigantes. Eu bem queria ter dado um *rolê* com uma delas pela floresta da Amazônia.

– E eu queria que ela tivesse te comido no almoço, Lipe. Vê se fica quieto e escuta o que a gente está conversando, para aprender alguma coisa! – disse Manu.

– Não começa a brigar com seu irmão de novo, Manu. Giovana, conte para a gente sobre a horta dourada – pediu tio Paulo.

Contei para o grupo sobre a horta com frutas, legumes e ervas que aquele povo cultivava, bem como sobre a floresta dourada. Depois de ouvir com muita atenção, Leo e Nahara me falaram sobre a lenda da cidade perdida na Amazônia. Alguns a chamaram de Eldorado, porque supostamente era uma cidade coberta de ouro. Por causa disso, houve, no passado, duas grandes corridas de garimpeiros para o local. Contudo, se ela existe, nunca foi encontrada.

– Será que você esteve nessa cidade do ouro, Gigi? – perguntou Clarinha.

– A vozinha me disse que aquele era o jardim dourado da Aldeia da Vida. Formado pelo milho, sua principal riqueza.

– E acho que ela está certa quando diz isso, pessoal. Durante a corrida dos garimpeiros, no ciclo do ouro, a comida ficou tão escassa nos campos de garimpo que muitos morreram de fome. Um pedaço de pão e melaço era mais caro do que uma pepita de ouro.

– Claro! – disse Lipe. – Não dá para comer uma pedra de ouro, não é mesmo? Do que vale o ouro no bolso se o garimpeiro morrer de fome... morte mais horrível! – Disse isso enquanto mordia com vontade uma maçã verde, que foi buscar na cozinha.

Tanto a vozinha como o Velho do Rio e o VT sempre nos trouxeram diversas mensagens e ensinamentos durante a nossa jornada. Pistas para nos ajudar a encontrar os cristais perdidos.

– Por que você acha que o cristal está na Amazônia, Giovana? – perguntou Nahara – Existem outros biomas e lugares do Brasil onde há diversos povos indígenas que você ainda não visitou. O cerrado, por exemplo, é uma região que também pede socorro.

– Ela acha que está lá, Nahara, por causa do que disse a vozinha antes de retornarem do passeio pela Aldeia da Vida. Ela disse assim, abre aspas – e Manu fez aspas com os dedos: – "a resposta para suas perguntas está onde tudo começou".

– Eu acho que tudo começou na casa de festas do tio da Gi – disse Lipe –, lá no Alto da Boa Vista. Foi lá que a Gigi fez sua primeira viagem, lembram? Mas ela acha que não...

– Eu explico o porquê. Lembram que a vozinha disse que "onde tudo começou" é que estariam as respostas para AS MINHAS PERGUNTAS?

– Sim, Giovana – disse mamãe. – E qual foi a sua outra pergunta?

– Eu perguntei se ela sabia quem era o meu amigo Viajante do Tempo.

Quando eu acabei de contar isso, começou todo mundo a falar ao mesmo tempo e eu não consegui entender mais nada direito. O Lipe não se conformava com a ideia de não ser o Iorio. Estava convencido de que ele era o VT, por ser ele o mais forte e destemido.

– Valeu, Lipe, obrigado pela força! Vou raspar meu cabelo, essa noite mesmo, para ver se eu acho o símbolo da cruz das fadas tatuado em minha careca.

– Desculpe te contrariar, amigo Iorio – disse Leo –, mas você não acha que, se você fosse realmente o VT, iria se lembrar disso? Por essa mesma razão, Manu – ele disse olhando para a minha amiga, que achava que ele era o VT –, eu acho que também não sou ele. Caso contrário, eu saberia dizer.

– Pai – chamei por ele, que se virou para mim –, por acaso é você?

– Eu!! – disse ele, espantado.

– Pai, você sempre foi o meu maior protetor, e quer me mostrar como é importante a preservação de tudo no nosso planeta...

– Não, Gi, querida. Não sou eu o VT. Os exemplos que damos e a nossa preocupação com o planeta, tanto eu como a sua mãe, tio Paulo e tia Marcela, são do dia a dia, e nada têm a ver com as viagens no tempo. Vocês vão continuar a luta pela preservação do nosso sistema. Fico feliz e honrado com o seu palpite. Mas também não tenho o cristal tatuado em meu corpo.

Depois de alguns segundos de silêncio, o tio Paulo pegou a palavra.

– Acho que nos resta apenas um suspeito...

– O PAJÉ – falamos juntos.

20

perto do fim

Claro que não foi fácil conseguir ajustar as datas livres nas agendas de todo mundo para podermos passar cinco dias juntos na Amazônia. Nahara antecipou as férias no hotel de Foz, no qual trabalhava. Estava ansiosa para conhecer o Leo pessoalmente, e ele em relação a ela.

Iorio nunca tinha visitado a Amazônia e estava feliz pela oportunidade. Nós, bem, Manu, Lipe e eu vamos sofrer na escola ao voltar, porque perderemos uma semana de aulas. O jeito é pedir cadernos emprestados a amigos e nos esforçarmos para recuperar o tempo perdido.

– Toda e qualquer escolha que fazemos tem suas consequências. Espero que você assuma as consequências por essa decisão – alertou a mamãe.

Naquele dia em que os guardiões estavam reunidos para atualizar informações e tentar descobrir o paradeiro do último cristal, concordamos que o VT era o pajé. Também estávamos certos de que o último cristal estava na Amazônia.

Não dava para adiar ainda mais essa nossa busca pelos cristais. O pajé teria que nos contar o paradeiro do último cristal, já que o trato era de voltarmos ao final desta jornada, quando os 25 cristais fossem encontrados. E provavelmente ele estava com o último.

Enfim, duas semanas depois da última *call* para ajustar as datas e agendas de todo o grupo, nós partimos para a pousada onde tudo começou.

Foi uma enorme alegria reencontrar Nahara, Iorio, Leo e Dadá. Ela deixou a Mani com o cacique do seu povo e foi nos encontrar. Estava muito emocionada por conhecer Iorio. Certamente, um parente seu há muito afastado.

O Lipe chateou o Leo o quanto ele pôde. Cada vez que ele e Nahara se afastavam do grupo ele ia atrás para fazer alguma pergunta boba.

– Deixa eles namorarem, Lipe. Para de ser invejoso. Por que, em vez de correr atrás do Leo e da Nahara, você não chama a Gigi para dar uma volta? Conversa com ela.

Só quando a Manu provocava o irmão, ele deixava o Leo e a Nahara em paz.

– Leo, desculpa eu interromper, já interrompendo – ele disse e percebeu que Nahara estava chorando. – O pessoal pediu para eu chamar vocês dois para marcarmos de ir à aldeia encontrar o seu avô. – Porém, muito curioso, acabou por perguntar: – Aconteceu alguma coisa com você, Nahara?

– Não, Lipe, está tudo bem. Apenas me emocionei enquanto Leo me contava sobre o seu pai. O cacique de sua tribo que morreu picado por uma cobra enquanto vigiava as aldeias vizinhas. Ele vigiava a floresta em busca de invasores, garimpeiros e madeireiros.

– Ele era um homem forte e muito determinado, Lipe. Sempre se preocupou muito com a preservação de nossa floresta, e com o bem do nosso povo – fez uma pausa e limpou os olhos com as costas das mãos. – Lipe, faz um favor. Comunique ao grupo que eu já pedi para avisar na aldeia que iremos amanhã pela manhã. A gente vai entrar daqui a pouco. Quero acabar de contar para Nahara um pouco mais sobre meus antepassados.

Sim, estava tudo combinado. Nossa jornada deveria estar perto do fim. Mas não era isso que eu sentia em meu coração. Havia algo errado. Eu estava com o coração apertado. Em vez de me sentir feliz por finalizar a missão, eu estava triste e angustiada.

***

Conforme orientou o Índio Leo, entramos descalços na grande choupana para uma reunião com os anciãos da aldeia, e nos sentamos formando um grande círculo. Leo contou ao pajé que havíamos encontrado quatro cristais que estavam desaparecidos. Depois, depositou aos seus pés o conteúdo dos saquinhos que eu tinha levado.

Ele olhou para os cristais. Passou a mão sobre eles, e nós assistimos a uma enorme fonte de energia e calor passar dos cristais para o pajé. Depois, ele ergueu a cabeça e olhou para o neto. Pediu que se aproximasse e começou a falar baixinho em sua língua nativa.

O Índio Leo foi traduzindo para a gente o que ele dizia.

Desde que os colonizadores chegaram ao Brasil, nosso povo tem sofrido preconceito, ataques e violências de toda natureza. Mas nós resistimos a isso tudo e tentamos viver em paz nas nossas terras, com os nossos costumes e valores.

Quando as caravelas chegaram, nosso povo existia em grande número. Fomos obrigados a carregar as caravelas com o pau-brasil em nossas costas. Cortamos tantas árvores que hoje quase não há mais pau-brasil para cortar.

– Ele está falando da descoberta do Brasil, né, Manu? – cochichou Lipe para a irmã.

– Isso mesmo, Lipe, agora faz silêncio e escuta.

O indígena não faz demarcação de terra. Mas o homem das cidades insiste em marcar e expulsar o indígena de onde ele busca a caça e a pesca para viver. O homem das cidades só pensa em derrubar e levar os troncos das árvores. Esquecem que seus galhos e folhas nos dão sombra e os frutos alimentam os nossos jovens e os animais da floresta.

Sem as árvores, as borboletas perdem a cor. Ficam cinzas. Marrons. Os animais fogem em busca de outras florestas para caçar. Sem as sombras, o calor adoece nossas crianças e também somos obrigados a nos mudar.

Para retirar os metais e pedras preciosas de nossos rios, o homem das cidades joga veneno e deixa nossos rios mais rasos depois que vai embora.

– Ele está falando do mercúrio que é usado para extrair o ouro do leito dos rios, Lipe – disse tio Paulo.

– E do assoreamento causado pelo processo de extração do ouro, que retira a margem ciliar e revolve o fundo dos rios – complementou papai.

– Shhh! – fez a mamãe. – Vamos ouvir o que ele está falando.

Com pouca água, os grandes peixes fogem. Apenas os peixes menores ficam ali. Mas esses peixes pequenos não alimentam nossas crianças. Quando elas param de beber o leite das mães, nossas crianças ficam fracas, adoecem e muitas morrem, porque não têm mais peixes para se alimentar.

Quando a civilização chega perto da aldeia indígena, nossos rios ficam sujos e a gente tem que usar a água suja para beber, cozinhar e se banhar. Aí nosso povo fica doente.

Nossos jovens não se sentam mais em volta da fogueira, para ouvir dos anciãos a sabedoria passada por seus ancestrais. Abandonam as aldeias para procurar trabalho, comida e a água de fogo que o homem da cidade bebe. Ela queima e destrói o nosso jovem, que não quer mais cuidar da floresta.

Quando queimada, a floresta deixa de ser boa para a natureza. Em vez de limpar o ar, joga muita fumaça ruim e deixa tudo mais quente. O homem das cidades precisa entender que não é o dono da terra. Ele só está morando nela. E dela precisa cuidar. Cuidar para que ela continue a dar tudo o que ele precisa. Não pode tirar muito ouro, derrubar grandes árvores e matar peixes dos rios. Todo o ouro que ele tirar não será suficiente para comprar o que precisa para comer. Não haverá mais peixes para pescar. Nem frutas para colher.

Meu povo precisa ser ouvido. Muitos indígenas sabem a língua do homem das cidades. Estudam em grandes escolas. Escrevem livros que todos podem ler. Querem proteger nossa cultura e nossa forma de viver. Por isso precisam ser ouvidos.

Ele disse isso e olhou para Leo, Nahara, Dadá e Iorio, como se estivesse falando para eles. Foi muito sinistro!

O homem das cidades precisa aprender a viver com os indígenas, com as onças e com todos os animais e plantas das florestas. Essa é a verdadeira missão. Essa é mensagem que Votutoró e Ybytatá levarão para o planeta.

Quando eu ouvi esses nomes, não pude deixar de me agitar, e todo mundo percebeu. Olhos arregalados, eu assisti ao pajé e aos anciãos se levantarem e irem embora.

– A gente vai deixar o seu avô sair assim, Leo? Ele não disse o que a gente queria saber!

– Na verdade, Nahara, ele fez mais do que isso – eu disse.

– Como assim, Giovana?!? – perguntou Manu.

– Ele revelou quem é o Viajante do Tempo.

– Foi mesmo? Então, eu não ouvi! Quem é ele? – perguntou papai.

– *Votutoró* é quem está com o último cristal – eu disse – Vocês não veem? Votu Toró tem as iniciais VT. Além disso, foi assim que a vozinha disse que se chamava o Gavião-Rei, que deu um rasante na gente lá na Aldeia da Vida. E, durante todo o nosso passeio, ela me chamou de *Ybytatá*. Eu desisti de explicar que meu nome é Giovana. Fazer o quê? E não consegui gravar na memória esses dois nomes, bem enrolados, até ouvir o pajé falar esses nomes durante o seu discurso.

– Bem – disse Lipe –, então ficou fácil. Amanhã a gente volta até aqui e pergunta para o pajé onde podemos encontrar o Tororó, porque agora eu estou com uma fome danada. Vamos comer, Tatá? – perguntou olhando para mim.

– Não será preciso voltar amanhã – disse o Índio Leo –, eu sei quem é *Votutoró* e sei onde ele está.

– Beleza! – disse papai –, então, depois do almoço, iremos até ele para buscar o cristal.

– Só tem um problema.

– Qual é o problema, Leo?! – perguntei, aflita.

– *Votutoró* está morto.

21

verdadeiros cristais

Um susto! Para mim, foi um grande susto ouvir do Leo que aquele a quem a gente buscava estava morto. Afinal, quem seria o tal *Votutoró*? Eu estava falando esse tempo todo com um fantasma? Só de pensar nisso os pelos do meu braço ficaram em pé.

– Leo, explica isso direito, querido. Ninguém está entendendo nada!

– Eu explico, Nahara.

O mistério em torno da identidade do VT foi desvendado quando o Índio Leo nos contou que seu pai era o cacique Votu-Toró. As mesmas iniciais do VT. Eles são a mesma pessoa. O VT, assim como eu, possuiu dois cristais místicos, como pude ver nas viagens ao passado em que o encontrei. Ele também carrega em si o sinal da cruz das fadas. Eu vi no seu braço.

– Então, Leo, você acha que o seu pai, antes de morrer, fez todas aquelas viagens no tempo e preparou as pistas para a Giovana seguir?

– Sim, meu pai distribuiu as pistas para que ela pudesse encontrar os cristais desaparecidos.

Depois de muita discussão, a gente chegou à conclusão de que os poderes dos cristais do VT eram limitados, pois ele não conseguia retornar com os cristais desaparecidos, depois de encontrá-los. Ele os achava, mas não conseguia trazê-los de volta. Apenas eu consegui fazer isso.

– Tudo bem, gente, chegamos a um impasse – disse Clara. – E agora, o que fazer?

– Gigi, convida o VT para aparecer aqui e contar para a gente onde está o cristal.

– Se fosse fácil assim, nós já teríamos pedido isso, Lipe – disse papai.

Nesse momento, eu percebi que precisaria de mais uma viagem através do tempo, para resgatar o último cristal. A última e mais difícil viagem.

Por isso eu acho que o pajé me convocou para esta missão, depois que o seu filho morreu. Descobrir a localização dos cristais e resgatá-los para o seu povo implicaria voltar no tempo e encontrar o seu filho ainda de posse dos dois cristais, antes de sua morte.

– Leo – disse Nahara –, eu não entendo uma coisa: se o VT fazia as suas viagens com dois cristais, como é que apenas um está faltando no saquinho de cristais da Giovana?

– Eu também não sei responder a esta questão. No dia em que encontramos o meu pai, morto na floresta, encostado a uma castanheira centenária, apenas um cristal estava em seu poder. Ele estava com o rosto coberto pelo capuz e segurava o cristal em sua mão direita.

Ao ouvir esta explicação do Índio Leo, eu me lembrei do dia em que estivemos juntos no hospital. Naquele dia, eu o vi depositar dois cristais sobre o corpo da vó Magda. Depois de tudo o que se passou naquela sala, ao guardar os meus cristais no saquinho com os demais, eu vi que, por cima deles, estava um exatamente igual ao que o VT havia depositado sobre o corpo da vovó.

– Leo – eu o chamei enquanto abria o meu recipiente e removia de lá o cristal que acreditava fosse o dele. – Por acaso foi este o cristal encontrado com o seu pai?

Após analisá-lo com atenção, ele respondeu:

– Sim, Gigi. Não tenho dúvidas disso.

– Sinistro – disse Lipe. – E cadê o outro?

– Essa é a pergunta que pretendo responder e acabar com o mistério.

– Mas como, minha filha? – perguntou mamãe.

– Voltando no tempo até o dia de sua morte.

***

Não foi fácil convencer meus pais e os guardiões a me deixar fazer esta última viagem. Eu ficaria sozinha no meio da floresta em que o VT foi mordido pela cobra. Sem saber que perigos iria enfrentar. Mas eu disse a eles que nada poderia ser mais difícil do que o que eu já tinha enfrentado até aquele momento.

Afinal, eu já havia ficado frente a frente com os jacarés do Pantanal, sofrido um ataque de onça-parda em Foz do Iguaçu e recebido a fungada de onça-pintada gigante, na Aldeia da Vida!

Só que aí eles me fizeram lembrar de um detalhe importante:

– Desta vez, o VT não irá aparecer para te ajudar, Gigi, caso você esteja em perigo. Lembre-se de que ele estará mortalmente ferido – disse Iorio.

Ele tinha razão, e isso me deixou pensativa...

– Não tenha medo, Giovana – disse Dadá. – Toda esta jornada foi programada para estarmos aqui, juntos, neste momento. Nada é por acaso.

Com esta mensagem da nossa recém-chegada guardiã, todos concordaram que eu deveria seguir em frente.

Aquela noite foi a mais difícil de toda a minha vida. Não consegui pregar os olhos um minuto sequer. Clarinha dormia ao meu lado e não percebeu que eu estava com os olhos fixos no teto.

Um filme passou naquela tela mental. No forro do quarto, as três viagens que fizemos apareceram com seus cheiros, cores e sons. Todas as falas do meu amigo VT voltaram à minha mente.

As pontas soltas da nossa jornada foram se juntando pouco a pouco, e percebi que pessoa maravilhosa foi o pai do querido Leo. Preocupado com a manutenção da vida, da fauna e da flora, mesmo não estando mais presente em nosso tempo. Que mensagem maravilhosa ele plantou.

Ao nos encontrarmos na manhã seguinte, Iorio nos mostrou, orgulhoso, que havia raspado os cabelos.

– Você acertou, Lipe! Embora não seja o VT, também tenho o sinal da cruz das fadas!

Ele tirou o boné e mostrou para a gente que trazia o sinal tatuado acima da orelha direita. Ninguém tinha mais dúvidas de que ele também era um guardião dos cristais mágicos.

Como o local onde o VT foi encontrado era bem distante da pousada, combinamos partir bem cedo, antes do amanhecer. E isso foi muito bom, pois, dessa vez, nós conseguimos ver o sol nascer às margens do Rio Negro. Em nossa primeira viagem, havia chovido tanto que deixamos de ver esse espetáculo da natureza.

Duas horas depois da partida, nós chegamos ao local aproximado. Leo seguiu à frente do grupo, abrindo uma picada na floresta. Ninguém quis aguardar na pousada. Iorio seguiu por último, atento à nossa retaguarda.

Todo cuidado era pouco, pois estávamos no meio de uma floresta fechada e não queríamos ser surpreendidos por nenhum animal selvagem.

Depois de alguns minutos de caminhada, nós deixamos de ouvir o barulho da correnteza do Rio Negro. Pouco depois, o Leo encontrou a velha castanheira onde o VT foi encontrado sem vida.

Todos formamos um enorme círculo ao redor da castanheira e, de mãos dadas, ficamos alguns minutos em silêncio, naquele lugar de pura magia.

Pedi forças aos meus ancestrais. Mais do que trazer o cristal de volta, eu guardava em segredo um desejo muito grande de poder ajudar o meu amigo VT. Queria evitar que ele fosse mordido pela cobra. Queria avisá-lo do perigo e salvar a sua vida.

Em meio ao ar puro do verde da floresta, uma brisa fresca balançou meus cabelos e eu me lembrei de pedir para a Clarinha fazer uma trança, antes da última viagem.

– Está pronta, Giovana? – perguntou papai.

– Sim, estou.

Disse isso e dei um abraço apertado em meus pais, na minha irmã querida e nos meus amigos inseparáveis nesta jornada. Depois eu fui até os guardiões e, mesmo sem termos combinado antes, nós cinco depositamos nossas mãos uma sobre a outra: eu, o Leo, Nahara, Iorio e a Dadá.

Nesse instante, borboletas multicoloridas passaram por nós e o cheiro úmido da floresta preencheu cada espaço do meu peito. Senti o meu corpo ligado a cada partícula daquele solo, como se raízes invisíveis aos olhos de todos estivessem se espalhando sob nossos pés.

Um enorme fluxo de energia emanou de nossos corpos e eu me senti energizada! Pronta para qualquer desafio. Todos fizeram silêncio e eu me concentrei bastante, antes de erguer os braços e pedir aos meus ancestrais que permitissem mais esta viagem no tempo:

PELO DOM QUE ME FOI CONCEDIDO E PELA ENERGIA DOS CRISTAIS QUE TRAGO COMIGO, EU INVOCO O PODER DOS ELEMENTOS, E PEÇO AOS MEUS ANCESTRAIS QUE ME TRANSPORTEM AO DIA EM QUE VOTUTORÓ PERDEU O SEU CRISTAL.

Ao começar essa, que seria minha última viagem, eu estava supermotivada. Afinal, para mim, estava claro que era possível modificar o passado e salvar a vida do meu amigo VT.

Eu fiz várias viagens no tempo ao longo desta jornada, e sempre trouxe coisas do passado para o futuro. Além disso, quando voltei para procurar o cristal da Clarinha, e estive na casa dela sem que me vissem, eu quebrei a sua xícara sem querer. Logo, eu podia alterar o passado. Eu estava determinada a salvar o VT da picada daquela cobra.

Pensava nisso quando abri os olhos e vi que todos os meus amigos haviam desaparecido, e eu estava sozinha no meio da floresta, ao lado da castanheira. Aos seus pés, uma enorme quantidade de cascas e algumas castanhas espalhadas pelo chão.

O sol que vi nascer no futuro, às margens do Rio Negro, não se fazia presente neste mesmo dia do passado. Nuvens carregadas deixaram a floresta quase às escuras. O cheiro de folhas molhadas estava no ar. O chão enlameado era um convite a me fazer escorregar. Senti um arrepio percorrer cada célula do meu corpo. Algo estava errado.

Como em todas as viagens anteriores, eu trouxera apenas dois cristais comigo. Eu estava invisível aos olhos dos homens e animais. Foi nesta condição que vi o VT se esgueirando por entre árvores gigantes, se escondendo atrás de seus troncos e se aprofundando na floresta.

Corri para tentar alcançá-lo e cheguei a tempo de vê-lo pegar o arco de suas costas, retirar uma flecha da aljava, erguer o arco e preparar-se para atirar. Fiquei em choque! Ele apontava na direção de dois homens que jogavam bacias, tonéis de plástico, ferramentas e pequenos objetos no chão.

Estávamos próximos a um córrego de águas claras. Entendi que se tratava de garimpeiros, que espalhavam seu equipamento junto à nascente de um rio. Quando ele esticou mais a corda e o arco se curvou o máximo possível, eu percebi que ele ia atirar.

Aí, eu fechei meus olhos...

22

o retorno

Eu vi quando o VT surpreendeu os garimpeiros espalhando seu equipamento junto a uma nascente de rio. Ele pegou uma flecha que trazia na aljava. Preparou o arco e a lançou na direção dos garimpeiros. Não queria vê-lo ferir ninguém, então, eu fechei os olhos... e só os abri quando ouvi o VT gritando com aqueles homens:

– Meu povo não quer garimpeiros aqui! O que vocês fazem no rio mata nossos peixes. Suja com veneno nossa água de beber. As crianças da aldeia ficam doentes. Passam fome. Ficam fracas e morrem.

A flecha que ele atirou estava fincada em um tronco de árvore, bem no meio dos dois garimpeiros. O VT pegou uma nova flecha, ergueu o seu arco e ordenou:

– Juntem tudo o que trouxeram e saiam daqui. A próxima flecha não irá acertar o tronco da árvore...

Os homens olharam uns para os outros e começaram a juntar suas coisas. Pareciam decididos a ir embora. Até que um tiro, vindo da mata escura, passou raspando pelo tronco de árvore atrás do qual o VT estava escondido. Quase acertou o meu amigo, que correu em disparada. Havia outro garimpeiro escondido na mata, que dava proteção àqueles dois.

Enquanto ele corria, vários tiros foram disparados contra ele.

Eu vi quando ele tomou a direção da margem do rio, bem perto de onde seria encontrado mais tarde, sem vida. Corri naquela direção. Precisava evitar que ele fosse picado pela cobra! Mas, quando cheguei lá, percebi que era tarde demais.

Meu amigo se apoiava na castanheira. Parecia cansado como nunca. Mas ainda estava de pé. Havia jogado o arco e as flechas para o lado. Apoiava uma das mãos na castanheira, como se buscasse tirar dela alguma energia para sua vida, que sentia escapar do corpo. Cabeça baixa, respirava ofegante.

Sem olhar para trás, ele disse:

– Venha, Giovana. Eu estava à sua espera.

Como assim? eu pensei.

– O que aconteceu com você, VT? Ou devo chamá-lo *Votutoró*?

– Então, você já sabe...

Quando acabou de dizer isso, ele caiu sobre os joelhos. Eu larguei meus cristais no chão e, ficando visível para ele, perguntei, aflita:

– Você tomou um tiro?! Onde foi?!

– Uma cobra – ele disse. – Fui picado enquanto fugia dos tiros. Eu nem percebi. Agora sinto que seu veneno tomou todo o meu corpo.

– A culpa é dos garimpeiros! Eu vou voltar lá e...

– Não, *Ybytatá*, você não deve ter raiva daqueles homens, mas sim daquilo que eles fazem. As florestas têm que ser preservadas. Os povos indígenas cuidaram delas. Eles é que devem decidir como devem ser aproveitadas, para o bem de todos os homens. Não importa se brancos, indígenas, negros ou amarelos.

– Então, levanta! Vamos procurar ajuda!

– Não há mais tempo, *Ybytatá*. Está tudo bem...

– Não, VT, não está nada bem. Você não pode morrer! Eu preciso de você do meu lado. Quem vai me ajudar daqui para a frente? Precisamos contar o que está acontecendo nas florestas para todo mundo saber! Precisamos salvar as plantas e os animais das queimadas! Vem, se levanta, eu te ajudo...

– A minha missão aqui está concluída.

– Que missão?

– Você entendeu a mensagem. Sua missão apenas começou...

– Que mensagem, que nada! Para com isso! Vou pedir um soro de cobra da pousada. Eles mandam pra cá pelo drone.

– A máquina que voa ainda não chegou na pousada.

– Então... então, eu já sei o que fazer.

Eu peguei meus cristais no bolso da calça e os coloquei sobre ele.

– Me dê seus cristais. Vamos fazer como no hospital, quando ajudamos a minha avó.

Aí eu tentei tirar os cristais de sua mão. Ele não deixou, mas vi que um deles se soltou e caiu no chão, no meio das cascas, folhas e castanhas. Ao me debruçar sobre ele para alcançar o cristal, ele segurou forte a minha mão e disse:

– O seu futuro, *Ybytatá*, caberá somente a você trilhar. Depende das escolhas que fizer. – Percebendo uma lágrima que me escapava do olho esquerdo, ele disse: – Nós ainda vamos viver grandes aventuras juntos. Lembre-se, eu fiz muitas viagens para o futuro.

É verdade! Ele havia feito todas as viagens em que nos encontramos: aqui na Amazônia, três anos atrás, em Foz do Iguaçu, naquela caverna há dois anos, no ano passado, naquela viagem ao Pantanal, e na semana passada, em Paraty! Todas essas viagens foram feitas à frente do seu tempo...

– Então... me escute, *Ybytatá*: não seja tão dura com o seu filhinho, no dia em que ele quebrar o vaso azul que você ganhará de casamento.

– Que vaso?!! Que casamento?!! Acho que o veneno da cobra está afetando a sua cabeça...

– Apenas escute, *Ybytatá*... Quando isso acontecer, lembre-se dessas palavras: o vaso já estava quebrado quando você o ganhou. Toda a matéria fica aqui – disse ele, que estava suando muito e tendo calafrios pelo corpo –, mas o espírito... bem, o espírito segue adiante – ele disse isso e ficou em silêncio por alguns segundos –, como as águas do rio que correm para o oceano.

Eu não conseguia mais segurar o choro e estava soluçando abraçada a ele, que tentava me fazer soltar.

– Agora volte, seus pais e os guardiões estão te esperando. Volte e mostre a eles onde está o meu cristal desaparecido. – Pegou um pouco de ar, pela última vez. – Meu tempo nesta jornada chegou ao fim. Irei me juntar aos anciãos, na Aldeia da Vida. Agora cabe a você levar a mensagem adiante.

As luzes de nossos cristais traçaram um voo frenético, formando um vórtice em torno de seu corpo, que se elevou do chão. Eu caí de joelhos aos seus pés, tentando enxugar as minhas lágrimas, que caíam feito chuva no verão. Depois, assisti àquelas luzes se dissipando, pouco a pouco, no céu escuro sobre nossas cabeças.

O corpo do VT desceu lentamente, até repousar no solo à minha frente. Seu rosto tombou na minha direção, e pude ver que seus olhos estavam serenos e que trazia no rosto um sorriso de vitória. Ele já não sentia dor alguma. Seu espírito seguiu em direção ao todo. Como a vozinha em Paraty disse que seria.

Eu ajeitei o seu corpo na castanheira e cobri seu rosto com o capuz. Depois de recuperar minha respiração e enxugar as lágrimas, procurei pelo cristal que havia rolado de sua mão. Mas não consegui encontrá-lo. Havia apenas um cristal em sua mão. Aquele com que ele tinha sido encontrado pelo seu povo.

De repente, eu ouvi folhas e galhos estalando na floresta. Algo ou alguém se aproximava de nós. Peguei meus cristais e me fiz invisível. Não sabia se era homem ou animal, mas não podia correr riscos.

Se algo acontecesse comigo naquela floresta, eu não retornaria para seguir com a nossa missão. Este último cristal já não tinha mais importância para mim. Eu havia entendido a mensagem. Os cinco verdadeiros cristais são os guardiões do planeta: Nahara, Leo, Dadá, Iorio e eu mesma. Nós começaremos uma nova cruzada. Uma cruzada pela vida no planeta.

Mentalizei meus ancestrais e pedi que permitissem o meu retorno.

***

Quando voltei ao meu tempo, eu estava com o rosto inchado de tanto chorar.

– O que houve, Gigi, cadê o cristal? – perguntou a mamãe, enquanto todos me olhavam esperando uma resposta.

– Eu não encontrei o cristal. Me desculpem.

Levei um bom tempo para contar tudo o que tinha acontecido. Ao final, percebi que todos haviam entendido a real importância do que fizemos, vimos, conhecemos e que iremos divulgar. Muito ainda precisa ser feito e não vamos parar por aqui. Só que eu sentia um vazio muito grande dentro de mim. Ao lembrar do meu amigo VT encostado sozinho naquela castanheira, eu voltei a chorar.

– Poxa, *imã*, vem cá. Me dê um abraço. Se acalme um pouco. Sinta o meu coração bater junto ao seu. Respire fundo e se acalme um pouco. Imagino como foi difícil para você passar por tudo isso sozinha.

Minha irmã tinha razão. Aquele abraço apertado era o que eu mais precisava naquele momento. Ficamos assim por alguns minutos e fui me acalmando, pouco a pouco.

O sol brilhava mais forte e o cheiro da floresta me fez renovar a vontade de concluir a jornada. Como eu pude desistir assim tão fácil? Essa não era eu. O pajé, o Leo e a aldeia misteriosa, todos confiaram em mim! Eu precisava concluir a missão.

– Gente, eu vou voltar lá.

– Aaah, mas não vai mesmo! – disse minha mãe. – Eu não vou deixar você passar por tudo aquilo outra vez.

– Concordo com a sua mãe, Giovana. Vocês já entenderam a mensagem que o VT quis passar. A missão e esse mistério estão resolvidos. Você não deve nada a ninguém...

– Desculpem a franqueza, pessoal, mas eu estou com a sensação de que ainda falta alguma coisa – disse o tio Paulo.

– É verdade, falta o último cristal – disse Nahara. – O que vamos dizer para o pajé, quando voltarmos de mãos vazias?

– Por isso eu tenho que voltar lá, mãe.

– Eu entendo a Giovana – disse a tia Marcela. Mas vamos pensar numa saída, sem que seja preciso você voltar e se arriscar novamente.

Permanecemos em silêncio por algum tempo. Mamãe e papai cochichavam atrás da castanheira, Clarinha e Manu tentavam me convencer de que papai e mamãe estavam certos. Enquanto isso, Nahara, Dadá, Iorio e Leo repassavam a minha última viagem, tentando imaginar onde estaria o último cristal.

– Pessoal – disse Iorio –, o último cristal tem que estar por aqui. *Votu* foi encontrado com apenas um cristal em sua mão. O outro caiu e deve estar perdido em meio aos restos de castanhas aqui no chão.

– O Iorio tem razão – disse Clarinha –, vamos procurar!

Pouco tempo depois, nós havíamos feito uma verdadeira varredura no chão ao redor da castanheira e... nada. Minhas mãos, roupas, o cabelo, eu estava toda suja de terra! Assim como a maioria de nós.

Lipe foi o primeiro a desistir. Levantou-se, abriu a mochila, sacou um caju maduro que tinha trazido da pousada e começou a comer.

– Gente, o cristal não está aqui, senão nós já o teríamos encontrado – disse tia Marcela, enquanto passava as costas da mão suja na testa, para afastar o cabelo dos olhos.

– Vamos voltar, o tempo está fechando. Já já teremos tempestade no Rio Negro, e será muito arriscado voltarmos de barco.

– Concordo com você, Leo, o mais importante é a nossa segurança.

Eu vi Manu enxugar os olhos. Ela estava chorando. Olhou para o irmão, que tinha acabado de comer a fruta e balançou a cabeça em sinal de reprovação. O Lipe limpava a boca suja na manga da camisa. Acompanhava com os olhos uma cotia fugir sorrateira, levando consigo o caroço do caju que ele havia jogado fora.

– Você viu isso, Gigi?

– Eu vi, você limpou a boca suja na manga da camisa.

– Liiipee! Não acredito!

– Calma, mãe, eu já sei o que aconteceu com o cristal do Tororó!

– Não é Tororó, Lipe, é *Votutoró*.

– Tudo bem, Manu. Não importa. A Gigi não precisa voltar no tempo – disse ele. – O cristal está por aqui, porque foi aqui onde ele caiu.

– Isso o Iorio já disse, Lipe. Agora conte uma novidade – disse Manu.

– Eu acho que uma cotia o pegou e guardou em algum lugar. Foi isso que ela fez com o caroço de caju.

– Acho que o Lipe pode ter razão – disse Nahara.

– Vamos arregaçar as mangas e procurar mais um pouco! – concordou a Dadá.

E assim foi feito. Durante mais de meia hora, reviramos tudo ao nosso redor. Folhas, galhos, sementes, até não restar pedra sobre pedra. Podíamos ouvir a tempestade se aproximando. Os raios e trovões começaram a riscar o céu no horizonte.

– Gente, se não voltarmos agora, eu não sei se poderemos retornar em segurança – disse Leo.

Todos começaram a juntar suas coisas e a formar uma fila indiana para voltar pela trilha. Apenas eu, Lipe e Iorio ficamos para trás, removendo folhas e galhos ao redor dos troncos até que...

– Achei alguma coisa! – gritou Lipe.

Ele havia encontrado um tronco de árvore caído no chão, com um furo bem redondinho na parte de cima. Dava para ver o caroço de caju obstruindo a entrada no tronco.

– Está aqui, tenho certeza! – disse Lipe.

Iorio sacou o facão e pediu que nos afastássemos um pouco. O casco estava envelhecido e em pouco tempo vimos fugir lacraias, besouros e um monte de insetos de dentro do tronco, até que as castanhas começaram a rolar pelo chão.

De repente, um susto!

Eu não vi Clarinha se aproximar de mim e, quando ela colocou sua mão em meu ombro, eu dei um grito.

– Quer me matar do coração, *imã*?!

– Estão todos esperando a gente na embarcação. Me pediram para vir chamar vocês. Precisamos ir – ela disse.

– Olha, Clarinha, deve estar aqui, mas tem muita castanha. A gente tem que espalhar tudo no chão – disse Lipe.

– Não dá mais para esperar, Gigi, precisamos partir. Isso vai demorar muito. A gente volta amanhã...

Aí me lembrei da energia dos cristais e como sinto o seu calor quando eles estão perto de minhas mãos.

– Só um minuto – falei, e comecei a passar minhas mãos por cima da pilha de castanhas até que...

– Aqui, Iorio! Limpa essas castanhas daqui – e apontei onde havia sentido emanar o fluxo de energia do último cristal.

E lá estava ele! Agora essa missão estava cumprida.

Epílogo

De volta à aldeia, uma grande festa havia sido preparada para a nossa despedida. Os indígenas haviam se pintado e colocado os ornamentos tradicionais. Dançavam ao redor de uma fogueira, batendo os pés no chão e sacudindo um chocalho preso ao tornozelo, no ritmo dos cânticos que, felizes, entoavam.

Manu e eu estávamos nos divertindo muito, assistindo às centelhas da fogueira subindo ao céu. Nahara e Leo, mãos dadas, eram vigiados de perto pelo Lipe, que não parava de chateá-los.

Mais cedo, naquele mesmo dia, Leo explicou o significado do meu nome na língua Tupi: *Ybytatá* é a junção de terra e fogo. Ao seu pai, os anciãos deram o nome de *Votutoró*, que é a junção de água e ar. Juntos, nossos nomes formaram os quatro elementos: água, terra, fogo e ar. Por isso eu invoco a força dos elementos antes de minhas viagens no tempo.

Iorio e Dadá também nos trouxeram novidades. Decidiram montar com Nahara e Leo uma Associação para ajudar animais feridos nos biomas que visitamos. Combinaram de chamar o piloto para ajudar com os grandes felinos. Estão decididos a salvar as onças da extinção. Claro que papai e tio Paulo prometeram que serão os primeiros a se associar.

Clarinha, Manu e Lipe e eu também estamos pensando em transformar nossas viagens em livro, para contar a todo mundo como é lindo o nosso Brasil, e como ele precisa de nós. Já temos até um título. Vai se chamar: *O diário das fantásticas viagens de Giovana.*

Enfim, a gente estava feliz por ter encontrado o último cristal e concluído esta jornada cheia de aventuras. M, mas achando uma pena que tivesse terminado. Foi então que nós vimos sair da choupana dos anciãos, um a um, todos os membros do conselho. O pajé foi o último, e trazia em suas mãos o saquinho com os cristais mágicos.

Eu senti um cheiro forte chegar às minhas narinas.

– Gente, vocês estão sentindo esse cheiro?

– Não fui eu – disse Lipe. – Eu juro.

– Não estou falando disso, Lipe. Estou falando do cheiro de urucum, o cheiro do VT!

O pajé começou a caminhar em nossa direção. Clarinha se aproximou de mim às minhas costas. O Lipe veio ao meu encontro e segurou a minha mão, enquanto Manu se juntou a nós pelo outro lado.

Havia algo estranho no ar. Aquele ancião parou à minha frente e estendeu as mãos. Mais uma vez, me oferecia o saquinho com os cristais mágicos. Leo se aproximou e trouxe consigo Iorio, Nahara e Dadá.

O pajé, então, disse algo que o Leo se apressou em traduzir para o grupo.

– Você irá precisar dos cristais em sua próxima missão – e completou – não tenha medo. Meu pai estará sempre com você.

Apêndice

- Alguns mitos e sabedorias dos povos indígenas do Brasil, aqui utilizados para a sustentação da obra, foram adaptados da obra *A queda do céu – Palavras de um xamã yanomami*, de Davi Kopenawa e Bruce Albert; *O som do rugido da onça*, de Micheliny Verunschk; e *Nós – Uma antologia de literatura indígena*, de diversos autores indígenas.

- As referências à colonização do Brasil, ao ciclo do ouro, a Eldorado – a cidade perdida do ouro – e às guerreiras amazonas foram extraídas do livro *Brasil – Uma História*, de Eduardo Bueno.

- Votu, Toró, *Yby* e Tatá são palavras de origem Tupi, porém, a união de seus nomes para formar os personagens deste livro se deu de forma inventiva pelo autor para dar sustentação à obra.

- A narrativa relativa a entidades que caminham por meio das águas e que habitam rios e mares é comum a diversos povos ao redor do mundo. Para esta obra, foram consultadas histórias e lendas dos povos Enawenê-Nawê, Yanomami e o povo Maraguá.

- Referências à Árvore da Vida são comuns a vários povos pelo mundo. A *Aldeia da Vida* foi uma liberdade literária do autor.

Agradecimentos

Para chegar ao final deste ciclo, as fantásticas viagens de Giovana contaram com a generosa companhia e apoio de queridos amigos, que não posso deixar de mencionar neste momento.

Em primeiro lugar, quero agradecer a toda equipe Bambolê, em especial à Ana Cristina Melo, por ter promovido o Concurso para novos autores em 2016. Essa importante iniciativa viabilizou a publicação do volume 1 desta coleção, e me incentivou a escrever a sequência da obra.

Agradeço aos queridos amigos que nos acompanharam nas viagens que fizemos pelo Brasil: Bebete, Flavio, Pedro e Marina. Sem dúvida de fundamental importância para a criação dos simpáticos e divertidos personagens de nossa história.

Meu muito obrigado à querida Bruna Mendes, que se debruçou sobre o projeto e deu cor e movimento à nossa aventura. Os traços de suas lindas ilustrações captaram a mensagem que pretendemos deixar para futuras gerações.

Agradeço muitíssimo à Luiza, filha querida e primeira revisora dos meus textos ainda toscos. Os seus comentários sempre foram um primeiro verniz para os meus manuscritos. À minha querida filha Beatriz, que, com sua personalidade divertida e cativante, inspirou a personagem da destemida Giovana. E, por último, mas não menos importante, à minha querida esposa, Bel, por todo o carinho, apoio e incentivo que sempre deu a este delicioso projeto.

Sem vocês, esta obra não teria sido possível!

Sobre a ilustradora

"Sou de Santa Catarina, estado onde vivi toda a minha vida. Me formei em 2012 em Design Gráfico, profissão que exerço até hoje, paralelamente à ilustração. Desenho desde que me entendo por gente e não pretendo parar tão cedo. Acho incrível poder traduzir histórias em imagens e, com isso, ajudar crianças e adolescentes a viverem momentos incríveis ao lado de personagens muito legais, como são todos os deste livro. Acredito muito na leitura como uma janela para o mundo e, quanto mais cedo a gente aprende a gostar de ler, melhor. Por isso, espero que o apelo visual que tento trazer aos livros nos quais trabalho ajude a cativar os pequenos (e os nem tão mais pequenos assim!) para termos cada vez mais adeptos ao mundo incrível da literatura."

Bruna Mendes

Se você curte as aventuras de Giovana, siga nossa página e faça parte dessa viagem!

@asfantasticasviagensdegiovana

@editora_bambole

www.editorabambole.com.br